La mujer zorro
y el doctor Shimamura

La mujer zorro
y el doctor Shimamura

CHRISTINE WUNNICKE

Traducción del alemán a cargo de
Richard Gross

IMPEDIMENTA

Título original: *Der Fuchs und Dr. Shimamura*

Primera edición en Impedimenta: febrero de 2022

Diseño de colección y coordinación editorial: Enrique Redel
Maquetación: Daniel Matías
Corrección: Laura M. Guardiola

The translation of this work was supported
by a grant from the Goethe-Institut

ISBN: 978-84-18668-32-6
Depósito Legal: M-134-2022
IBIC: FA

Impresión: Kadmos
P. I. El Tormes. Río Ubierna 12-14. 37003 Salamanca

Impreso en España

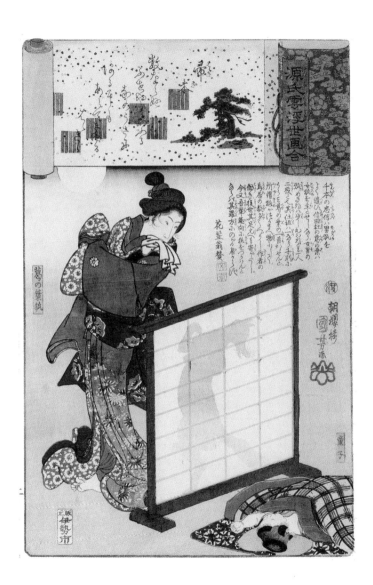

En la clase que el profesor Charcot impartió antes de ayer, martes, el público del anfiteatro de la Salpêtrière, tan numeroso como siempre, fue testigo de una escena harto interesante. Un joven japonés, que debió de llegar a París con un equipo de etnólogos, asistía al grupo de médicos en un experimento de neurosis inducida. Una vez que la paciente hubo entrado en estado de hipnosis, los auxiliares de Charcot hicieron salir al joven japonés de detrás de un biombo, y su mera aparición hizo que la sonámbula se creyera una mujer oriental. Llevada por su fantasía, empezó a desvariar, cantar y gritar en una lengua extranjera —Charcot explicó que se trataba del idioma japonés y que el fenómeno precisaba de estudios ulteriores— y bailó alrededor del forastero entre lágrimas y súplicas, con una actitud ya provocadora, ya quejumbrosa, realizando un gran despliegue de pantomimas en las que, aparentemente, se servía de abanicos, puñales y toda suerte de accesorios exóticos, para al final desplomarse a sus pies. Un golpe de efecto tan conmovedor como angustioso. El muchacho apenas reaccionó. Se barajó la posibilidad de que también estuviera hipnotizado; al fin y al cabo, el auxiliar de Charcot lo había sacado de detrás del biombo como si se tratara de un títere y lo había empujado de vuelta a su sitio tras acabar el experimento. Pero dadas sus facciones orientales, que siempre nos parecen tan vacuas y carentes de alma, no hemos podido solventar la duda. Esperamos que el futuro nos depare más ocasiones para observar a este curioso forastero.

G. Demachy, *Le Temps*, 24 de marzo de 1892

La vida del doctor Shimamura estuvo marcada por la tragedia. Al volver de Europa en el año 1894, apenas desarrolló actividad científica alguna, ni en el seno de la Asociación de Medicina de Tokio ni en los encuentros de la Sociedad de Neurología. Sus estudios sobre la obsesión por el zorro, pioneros en este campo, fueron ignorados por la ciencia. A ello se le sumó su enfermedad. ¿De qué enfermedad se trataba? He realizado numerosas investigaciones sin encontrar respuesta.

YASUO OKADA, «Breve historia del psiquiatra
Shimamura Shunichi y de sus infortunios»,
Nihon Ishigaku Zasshi *(Revista de Historia de la
Medicina Japonesa)*, diciembre de 1992

«¡Gloria a la histeria y a su cortejo de mujeres jóvenes y desnudas que se deslizan por los tejados!»

ANDRÉ BRETON,
Segundo manifiesto del surrealismo, 1929

Uno

El invierno tocaba a su fin y la fiebre inició su escalada de forma puntual. Una vez más, Shimamura Shunichi, profesor emérito de Neurología en la Escuela Superior de Medicina de la Prefectura de Kioto, volvió a meditar sobre los caminos que había tomado su vida. La lengua alemana, que prefería para estos menesteres, tejía en su cabeza telarañas complejas e incandescentes.

El doctor Shimamura sufría de tisis. Quizá sufría también de otra cosa, de algo para lo cual no había encontrado la palabra idónea en todos esos años, ni en alemán, ni en japonés, ni en chino, ni siquiera en la jerga médica. A finales de ese febrero de 1922, en su casa de Kameoka, estaba sentado en un sillón de ratán, entre su escritorio y un helecho plantado en una pequeña urna metálica de pátina artificial, y miraba recto, inmóvil y sin gafas hacia la ventana. Una luz de invierno tardío, o primavera incipiente, teñía el papel con destellos de color amarillo. Es posible que la fiebre pronto subiese hasta niveles en los que su propio pensamiento empezaría a confundirse por completo. Se acostaría antes, pensó Shimamura, pero solo justo antes de que esto sucediera, pues uno no podía andar acostándose de forma preventiva.

Llevaba tiempo trabajando en un estudio, una monografía, un ensayo o un artículo sobre la neurología, la psicología o la psicología experimental de la memoria. Hacía años que ordenaba en la mente, y rara vez en un cuaderno de apuntes, los capítulos o apartados de la susodicha obra y no acababa de decidirse sobre la modalidad ni la extensión del texto. Lo había bautizado el «Proyecto O». Tampoco veía claro la metodología. Le habría gustado recurrir a un galvanómetro para medir los flujos cerebrales, sin duda generadores de recuerdos, —a saber, los suyos propios—, o al menos determinar su sistemática. Pero Shimamura no poseía galvanómetro, y el galvanómetro no medía los recuerdos, y los recuerdos no eran sistemáticos, al menos los de Shimamura. A fin de cuentas, no quería memorizar sílabas desprovistas de sentido y luego vomitarlas, dándose importancia como el fallecido doctor Ebbinghaus, de Halle. Aspiraba a un texto grande y profundo sobre un problema grande y profundo. Estaba convencido de que moriría mucho antes de que la idea se materializara, algo que en cierto modo lo consolaba a diario. Además, el «Proyecto O» le parecía una buena justificación para acordarse, día tras día, de unas cosas y de otras y, a menudo, también de todo lo contrario.

Shimamura tiritaba. Adiestrado por la práctica, acomodó su cuerpo en el sillón de ratán de manera que este no crujiera si empezaba a temblar. Se había echado sobre el kimono un batín raído de color rojo pardo con un dibujo de flor de lis, un indumento pesado y abrigado cuyas gruesas mangas retorcían y estrujaban las del kimono alrededor de sus flacos brazos. Se proponía siempre enfundarse el kimono encima y no debajo del batín, lo que habría subsanado esa molestia, pero nunca lo hacía.

El batín era un objeto odioso del que Shimamura no lograba separarse. Procedía de una selecta tienda aledaña a la Pariser Platz de Berlín, donde lo había adquirido casi cuarenta años atrás, en pleno verano, poco después de una tormenta, en un ambiente de calor y bochorno nada propicio para semejante prenda felposa. Lo había comprado por vanidad, por sentirse, ya en sus años jóvenes, sabio y maduro y digno de un batín vetusto, quizá también como acicate para asimilarlo espiritualmente, pero ante todo para fastidiar: siendo becario del Imperio, no podía permitirse en absoluto ese gasto. De sus días berlineses, cuando se retrotraía a ellos, Shimamura recordaba la fiebre.

Tirando de la manga izquierda del kimono para sacarla de la deshilachada manga del batín, hizo asomar una punta de arpillera beige. Un color parecido al del papel de la ventana. Shimamura se acordó de un baile de disfraces en Viena, donde había lucido el entonces nuevo y flamante batín de la flor de lis, complementado con un gorro de dormir, uno de mujer, según se descubrió más tarde; iba de enfermo imaginario de Molière. Toda la noche, a medida que se emborrachaba de forma paulatina y progresiva, se había paseado con un accesorio sacado del manicomio del Bründlfeld, un tremógrafo alojado en una caja forrada en piel de imitación de serpiente. Unas muchachas absolutamente ayunas de indicios de si eran honestas o de si habían sido traídas de la calle habían toqueteado aquel cofre, luego el batín, luego el gorro de dormir y luego al propio Shimamura. De este modo había desperdiciado toda una noche de carnaval vienés, en un salón repleto de inmundicia y de papeles de colores. Quizá había hecho de médico, aplacando un estómago sublevado o una crisis nerviosa, todo ello originado por tanta vuelta de vals; o quizá no. ¿Quién lo habría invitado? Probablemente le había ocasionado una amarga decepción a la persona en cuestión. Ya entonces, todavía becario del Imperio en el extranjero, el doctor Shimamura no era lo que se dice de alma campechana.

No obstante, a las muchachas vestidas como muñecas o con abigarrados trajes de payaso, sí las había hecho reír. Siempre hacía felices a las jóvenes y a las no tan jóvenes. Todas sentían debilidad por Shimamura Shunichi. Constituía este un capítulo aparte en sus recuerdos. «Sentir debilidad» no era la expresión correcta y «hacer feliz» seguramente tampoco.

Shimamura fue a buscar uno de sus cuadernos de apuntes casi vacíos en el cajón del escritorio y lo guardó en el bolsillo del batín, junto a los pañuelos y al frasquito de alcanfor.

El doctor Shimamura tenía cuatro cuidadoras: Sachiko, su esposa; Yukiko, la madre de esta; Hanako, su propia madre; y una criada a la que a veces llamaba Anna, pero más a menudo Luise. La había sacado del manicomio kiotense en ocasión de su paso al emeritazgo, llevándosela a modo de *souvenir*, porque nadie sabía muy bien si era paciente o enfermera, y tampoco recordaba su nombre. A Shimamura le había inspirado lástima. En su función de director de la clínica tenía fama de hombre de buen corazón, siempre atento para que nadie resultara lesionado, se sintiera atormentado sin consuelo u ofendido más de la cuenta al ser examinado. Shimamura había abogado por el empleo de enfermeras en la sección masculina porque surtían un efecto apaciguador, y tampoco había escatimado nunca en hipnóticos. Asimismo, había encargado a un colchonero la fabricación de gruesas colchonetas de pared a fin de recubrir con ellas las salas de los pacientes más exaltados. Fueron esas colchonetas especiales inventadas por Shimamura las que ocuparon la mayor parte del discurso pronunciado con motivo de su retiro, lo que al cabo de una vida entera consagrada a la medicina no dejaba de suponer cierta decepción.

Encerrado en su concha de Kameoka, donde «no molestaba», como solía decir, y donde llevaba años aguardando la muerte, había hecho levantar, mediante colchonetas similares, yeso, madera y algunas piedras, un par de sólidos tabiques que aislaban su cuarto del resto de la casa. En uno de ellos había una puerta europea con manija de latón. Los artesanos, fieles ejecutores de sus instrucciones, consideraron que aquella construcción ponía en peligro la estabilidad de todo el edificio. En cualquier caso, no servía para mantener a raya a las cuatro mujeres. Sentado en el sillón de ratán al lado de su escritorio y mirando hacia la ventana, el doctor Shimamura percibía su runrún en cuatro lugares distintos de la casa, y tres de ellas no tardarían en entrar por la puerta para interesarse por él.

Tanto Hanako como Yukiko habían superado con creces los ochenta. Hanako, como su hijo, era asténica y estirada. Yukiko, una bola mullida, se tomaba las cosas con más filosofía. Durante los años en los que cuidaron juntas del doctor, sus voces se habían ido asemejando entre sí hasta tal punto que Shimamura a veces no sabía decir cuál de las dos susurraba tras la puerta. En sus sueños, a menudo se fundían en una sola figura materna que, de forma alterna, se dilataba y se contraía como el fantasma de humo en los cuentos de viejas. Yukiko de vez en cuando iba al templo, donde gastaba dinero para luego volver a casa de buen humor. Hanako leía novelas modernas, todas escritas por mujeres, que trataban con delicadeza problemas familiares. Ambas eran viudas desde hacía muchos años. Shimamura no sabía decir si lo que sentían la una por la otra era odio, amor, solidaridad, rivalidad o nada más que aquella envidia cómoda e insípida que resulta de cada convivencia humana que ha durado ya demasiado tiempo. La enfermedad de Shimamura era el sol alrededor del cual orbitaban Hanako y Yukiko, y en el que se calentaban también. Algo así había sido lo que una de las dos dijo en cierta ocasión, y por eso Shimamura las odiaba a ambas.

Con Sachiko estaba casado desde hacía treinta y un años. Se erguía como una sombra entre las dos madres, discreta, prudente, imperiosa. Su ropa era siempre clara, también en invierno, y siempre estaba doblada con pulcritud y en ángulo perfecto en los lugares oportunos. Cuando Shimamura buscaba adjetivos para describir a su esposa, los primeros que se le ocurrían de modo indefectible eran «prismática» y «cristalina». Química inorgánica. Sachiko era resistente a la especial habilidad que tenía el doctor Shimamura para las mujeres. Debía de poseer una gran y nada agradable fuerza de voluntad.

Hanako trajo comida y Yukiko trajo té. Sachiko se había colado en el cuarto antes que ellas y observaba sus acciones, luego observó también a su marido mientras bebía, comía, tosía y preparaba una inyección de escopolamina, placer que hoy quería volver a concederse después de tres días de abstención. Hanako y Yukiko recogieron la mesa. Sachiko serpenteaba por el cuarto sin hacer ruido. Anna, o Luise, permanecía oculta detrás de la puerta y recibía lo que se le tendía, la vajilla del té y de la comida, un pañuelo sucio para lavar. Aunque había comido buñuelos de arroz y encurtidos, Shimamura, poco inspirado para temas de conversación, repitió el viejo chiste de los médicos sobre el caldo para los enfermos: tenía que ser como una doncella… no hacer ojitos nunca. En la traducción japonesa sonaba absurdo y picante, como si en la comida, el enfermo de repente se sintiese llamado a farfullar ante los ojos de las muchachas. Le pareció que Sachiko lanzaba una mirada de preocupación a la jeringa de escopolamina que descansaba en su mano.

La verdad es que la escopolamina favorecía los pensamientos sexuales. Si en la práctica neurológica esto podía representar un inconveniente, en la autoadministración no molestaba. Él, de todas formas, no se fiaba de su cerebro. ¡Que pensara en el sexo! Lo que le molestaba eran las cuatro mujeres. Se le antojaban piezas de un juego de fichas, triángulo grande, triángulo pequeño, cuadrado y rombo, que no paraban de unirse en nuevas conjunciones, un pasatiempo eterno e insensato. «Id a divertiros —dijo Shimamura—. Id a mirar si ya ha llegado la primavera. Y haced el favor de arrancar febrero del calendario.»

Las mujeres se marcharon. Solo la muchacha Anna, o Luise, seguía trajinando detrás de la puerta. Shimamura oyó sus pasos quedos, planos. Caminaba con los pies levemente abiertos en uve. Una deformidad de la cadera. Había muchos defectos en Anna, o Luise, pero Shimamura no atinaba a dar con el defecto fundamental. Cada mañana, ella le llevaba agua al borde de la cama, una cuba entera. Shimamura no sabía quién se lo había ordenado ni qué debía hacer él con tanta agua, no sabía si se trataba de un malentendido, si Luise creía llevarle el inhalador cuando acarreaba la disparatada cuba de agua sobre sus piernas de pato. Él recibía el agua con una sonrisa agridulce, Anna-Luise le hacía una profunda reverencia y se retiraba. A veces, Shimamura no podía deshacerse de la idea de que la muchacha se ausentaba a diario y, en un lugar protegido, quizá en el cuarto de aseo o al aire libre, en el campo, se entregaba al delirio, una locura de etiología dudosa, existente por lo menos desde Kioto, nunca curada, violenta, sonora y, tal vez, en cierto modo, obscena. La imaginaba frenopática por espacio de unos diez minutos o una hora completa para luego anadear de vuelta como si no hubiese ocurrido nada, con aquel sutilísimo rastro de satisfacción en su cara de muchacha campesina. Si alguna vez la hubiera pillado en su arrebato, posiblemente hubiese podido sanarla, y ella habría quedado libre para marcharse y hacer una vida de mujer saludable, en vez de seguir allí como un vegetal. «Quisiera hacer tirar abajo los estúpidos tabiques

—pensó Shimamura—, quisiera morir en una casa normal.» Seguidamente, se inyectó la escopolamina en el muslo y se acostó.

Ni un solo pensamiento sexual entretuvo a Shimamura Shunichi esa tarde. Durante largo rato su cerebro estuvo repitiendo las palabras «calendario», «calendario», y «febrero», «febrero», y de nuevo «calendario», «calendario». Luego se formuló preguntas: ¿dónde estará el gramófono? ¿Dónde andará el inhalador? ¿Adónde habrá ido a parar el Charcot alemán y por qué el Charcot francés se va expandiendo metros y metros en la estantería, cuando en esta casa nadie habla francés? ¿Y qué ha pasado con la ropa buena del doctor? ¿Los trajes europeos? ¿Los trajes japoneses? ¿Los echaron las mujeres en la estufa porque ya no los necesitaba? ¿Y dónde está la herencia de papá, por ejemplo, las caligrafías de segunda categoría de un calígrafo de segunda categoría, con sus grandes, simples y completamente inalcanzables máximas de vida? «Todo desaparecido —dijo Shimamura a su cerebro—, déjame en paz.» Después vio en su mente las caligrafías de su padre, que no sabía leer porque solo tenía siete años.

«Cuando era pequeño», dijo Shimamura en alemán. Lanzó un gemido y luego otro. El aire entraba y salía. Era agradable. La inyección sentaba bien. Para calmar los bronquios aceptaba de buen grado ser un niño de siete años que miraba fijamente unas letras escritas en gran tamaño, y se sentía indefenso ante las imposiciones punitivas de las mismas. O tener cinco años y aguantar que manos maternas le limpiaran los oídos, en un verano dorado que durase varios siglos, con un sol áureo que le abrasaba los dedos si cerraba los ojos. Aceptaba a las cigarras, a los espíritus y a los molinetes, a los espíritus-molinetes y a los espíritus que vivían en el váter e iban a por el trasero desnudo de Shunichi, que este enseñaba en público por todas partes, porque su país aún vivía en la Edad de Pedra.

«Ufff», dijo Shimamura, y dejó que el fantasma de la cucharita limpiaoídos le despertara las sensaciones de antes: la impresión de algo que penetraba en su cabeza y que la vaciaba por estar enmarañada.

Shimamura miró al techo.

Las mujeres. Las mujeres. ¿Las mujeres?

Ni un solo pensamiento sexual acudió en auxilio de Shimamura.

Las mujeres y yo. ¿Qué había pasado entre ellos?

El espíritu del zorro, dijo Shimamura Shunichi. Pronunciaba las palabras con deje vienés, porque fue en Viena donde las había dicho en alemán por vez primera. *El espíritu del zorru.*

Soltó la risita que estaba reservada a dichas palabras. Luego se quedó dormido.

Dos

—Todos tenemos exactamente los mismos recuerdos de la infancia —dijo el estudiante—. Todos nos acordamos de nuestra madre limpián-
donos los oídos, doctor, de los molinetes y de los ruidos
de la noche.

Caminaba dos pasos detrás del doctor Shimamura,
por un camino casi imperceptible entre la maleza y las
piedras de la prefectura de Shimane, inmersa en el calor
del verano. Según el nuevo calendario, corría el mes de
julio del año 1891. El joven doctor Shimamura acababa
de doctorarse en Tokio. Había sido el alumno predilecto del profesor de Neurología Sakaki Hajime.

—¿Verdad que sí, señor doctor? ¿Verdad que sí?
—insistió el estudiante de Shimamura.

No contestó. Estaba más que acostumbrado a la verborrea del alumno, cuya falta de cortesía rayaba ya en la debilidad mental. ¿Cómo se llamaba el estudiante? Sin duda, en algún momento lo supo, pero después se le olvidó, y tan completamente que resultaba sorprendente. Ya por entonces lo llamaba «señor alumno», a secas.

Trepaban por el monte bajo. Shimamura llevaba su botiquín de médico con el estetoscopio, los espéculos ginecológicos, el oftalmoscopio, el martillo de reflejos y la tercera edición de *Patología de las enfermedades mentales,* de Wilhelm Griesinger; el estudiante cargaba con el aparato fotográfico metido en un gran saco de marinero inglés. Shimamura vestía un *blazer* Norfolk y un canotier, y calzaba unas botas con botones. Alrededor del estudiante revoloteaba una bata de campesino que le dejaba las rodillas al aire, y en sus pies crujían unas chancletas de paja.

—Señor doctor, ¿también recuerda que de niño los zapatos sueltos abandonados en alguna parte se convertían en espíritus que lo perseguían a uno? —preguntó el estudiante.

Hacía tres días, Shimamura, movido por la desesperación, le había ordenado que pidiera prestada ropa propia del lugar, porque era así como se ganaba la confianza de la población del campo. A decir verdad, lo había hecho abrigando la esperanza de que semejante atavío indigno hiciese enmudecer al estudiante, cosa que no ocurrió. Ahora sentía envidia por el aire que respiraba el cuerpo del otro, sobre todo el cuello. El de la camisa de Shimamura era estrecho y le rozaba la garganta; además, siempre que giraba la cabeza notaba el pulso de la carótida. En su delgado bigote se alineaban perlas de sudor.

—Si todos recordamos exactamente lo mismo de nuestra infancia, no deja de ser asombroso que los humanos seamos tan distintos —sentenció el estudiante en tono triunfal.

Shimamura ignoraba las razones por las que el profesor Sakaki le había encajado como ayudante a ese alumno de Medicina, que debía de tener apenas quince o dieciséis años. Tampoco conocía los fines que Sakaki perseguía con la expedición a Shimane. «Viaje usted a Shimane —le había dicho—, e investigue la epidemia de la obsesión por el zorro que allí se declara cada año. Examine a toda paciente aquejada de zorro y redacte un diagnóstico. Ante todo, fíjese en los casos neurológicos.» Aunque ya hacía días que trotaba por Shimane, y en las casuchas más remotas y miserables sometía a diagnóstico a paupérrimas pacientes afectadas por las enfermedades más lamentables (dipsomanía, cretinismo, abscesos de ovarios con perforación rectal), Shimamura seguía desconociendo los motivos por los que Sakaki le había impuesto esa tarea. «Si no encuentra diagnóstico, ponga simplemente "zorro", ja, ja, ja», le había dicho. Le gustaban las bromas. Quizá toda la expedición no era más que una tomadura de pelo del profesor.

Desplazarse de Tokio a Shimane suponía casi dos semanas. Había que caminar. Había que recurrir a porteadores de literas. Había que viajar en *rikshaw*, con el estudiante casi sentado en la rodilla de uno y hablando por los codos. El muchacho era el retoño de una familia de abolengo con relaciones de parentesco absolutamente fabulosas. En su familia había abuelos y tíos segundos que murieron de enfermedades muy raras (anticuadísimas) tan pronto como el Japón hubo abierto sus fronteras al mundo. Conservaban también cierto abanico con el que un antepasado suyo, cuatrocientos años atrás, había perdido una batalla por haberlo levantado en el momento inoportuno. Aquel abanico se guardaba en el arca familiar, y desde hacía cuatrocientos años le recordaba a cada descendiente el valor de la modestia. El estudiante le había contado todo eso en los *rikshaws* y mesones a lo largo de dos semanas, sin escamotear detalles y fumando su pipa a cada rato. A diferencia de Shimamura, también estaba muy enterado en materia zorruna. Seguramente tenía en su árbol genealógico a la mismísima diosa de los zorros, Inari, y creería en un sinfín de supersticiones de otra índole. El estudiante conocía cuatro siglos de historias de obsesión por el zorro acaecidas entre los vasallos de su pudiente clan. También de estas dio cuenta pormenorizada.

En Tokio, su domicilio, Shimamura había investigado sobre la parálisis beriberi y la melancolía hereditaria. Se había preparado para su viaje a Europa, que pensaba iniciar en cuanto se le concediera una beca. Por otra parte, había contraído matrimonio con la hija antipática y espigada de un médico, muchacha que le suponía un enigma. De asuntos femeninos el joven Shimamura Shunichi no entendía más que de cuestiones vulpinas. Además, no caía bien entre las mujeres. Tampoco entre las pacientes. Podía considerarse afortunado por el hecho de que la melancolía hereditaria y la parálisis beriberi respetaran, por regla general, al bello sexo. Quizá la hija del médico, Sachiko, que se había tenido que casar con él por ser el alumno preferido del profesor Sakaki, no era antipática por naturaleza, sino que solo adoptaba la antipatía en su presencia. ¿Consistiría en eso la gracia de la broma del profesor Sakaki? «No es un zorro macho, señor doctor. ¡Es una hembra de zorro! Las hembras de zorro poseen a las mujeres. ¡Todo bajo control femenino!» Era con ese tono sabihondo con el que ahora su estudiante se expresaba cada día. El profesor Sakaki Hajime, sentado ante su hermoso escritorio británico junto a su hermosa estatuilla de Higía en la Universidad Imperial de Tokio, ¿se estaría riendo con malicia de que precisamente Shimamura Shunichi tuviera que pasarse semanas enteras bajo un calor achicharrante mirando anticuadas locuras femeninas sin beneficio científico alguno?

—A ver si se calla ya de una vez —dijo Shimamura al estudiante, que, en ese momento, no había dicho nada. Una raíz seca atrapó la bota de Shimamura. Tropezó y se hizo daño en los dedos de los pies.

—¡Ahí hay un poco de sombra, señor doctor! —dijo a voz en grito el alumno, señalando el tronco enclenque de un árbol raquítico de pobre follaje. El estudiante verdeaba y florecía bajo la canícula. Pero Shimamura padecía de tensión baja y de la dispepsia estival de los asténicos. Agradecido, acudió a la insignificante sombra, donde se puso de cuclillas y cerró los ojos un instante. Después estudió el mapa que le había trazado el director del hospital de Matsue, quien llevaba años siendo el encargado de verano de las mujeres aquejadas de zorro en Shimane.

El objetivo de ese día se situaba entre Taotsu y Saiwa. Allí, el director había dibujado nada menos que tres veces su signo rojo del zorro en el mapa, dado que el zorro, según parecía, tenía en aquella zona tres focos. Faltaba poco para llegar al citado lugar sin nombre, ubicado entre Taotsu y Saiwa. Shimamura respiró hondo, apretó las nalgas para estabilizar la circulación y prosiguió su camino.

Unos niños semidesnudos que salían del monte bajo por todas partes les hacían de comitiva. Muchos cargaban a la espalda a sus hermanos pequeños que dormían, babeaban o se mordían los puños. Probablemente todos sufrían enfermedades carenciales. Cuando Shimamura dirigía su mirada hacia ellos, se dispersaban como un banco de peces. Al estudiante no le tenían respeto; se le acercaban de modo furtivo y lo pellizcaban, y al cabo de poco rato, parecían pegársele como lapas, y este les hacía muecas. Con su batita raída, tenía aspecto de ser el hermano mayor de todos ellos. Además, para protegerse del sol, se había anudado a la cabeza un viejo trapo que desafiaba las reglas de higiene más elementales. Aunque al doctor le resultaba inoportuno, el estudiante no era mal muchacho. Shimamura se propuso hacerle más caso y enseñarle alguna cosa de medicina, al fin y al cabo estaba bajo su custodia.

Alcanzaron Taotsu, lo atravesaron en cinco minutos y quedaron de nuevo a merced de aquel calor sin provecho ni escapatoria. El cortejo de los niños lo habían engrosado los exorcistas. Cada día pasaba lo mismo. También estos evitaban a Shimamura y preferían agarrarse al estudiante. Ya eran cuatro: un monje cojo, una mujercita con banderas mágicas y dos *vasijas*.

—Se nos acaban de unir dos *vasijas,* señor doctor —informó el estudiante con un entusiasmo apenas disimulado.

El alumno sabía perfectamente cuánta repulsión le producían a Shimamura las llamadas *vasijas.* Shimamura no era propenso al asco. Al fin y al cabo, era médico. Justo un día antes había rascado de forma prolongada y en actitud meditabunda las lesiones cutáneas de un enfermo leproso, solo para olvidar a las eternas mujeres zorro. Pero las *vasijas* le causaban una repugnancia terrible. Se dio la vuelta y profirió un grito. Chilló a los niños y a los exorcistas, les amenazó con palos, con la policía, con inyecciones. Las voces que daba sonaban como un gran despropósito. Los niños y los exorcistas salieron corriendo con dramatismo, pero enseguida regresaron con paso sigiloso. Así ocurría cada día. La primera *vasija* ya volvía a asomar de modo furtivo detrás del estudiante.

—¡Largaos! —tronó Shimamura. Pese al calor, sintió escalofríos.

Las llamadas *vasijas* eran las beneficiarias más miserables de la zorromanía. En rigor, clasificarlas entre los exorcistas ofendía al estamento de los mismos. El director del hospital de Matsue se lo había explicado con claridad. Cada verano, los elementos más desesperados de la escoria humana peregrinaban a Shimane para ofrecerse al zorro como *vasijas, albergues* o *asilos*. Estas palabras tenían varios significados, todos repulsivos, y la que más asco le suscitaba a Shimamura era «vasija». El que venía a Shimane como tal llevaba una soga atada al cuello. Como un perro. O un burro. La soga decía: «Tómame, soy tu víctima». ¡Cuánta repugnancia le causaban las *vasijas* al doctor Shimamura! Si el espíritu del zorro salía de una enferma de zorro, había que velar porque enseguida encontrara a alguien en quien cobijarse para evitar que flotara sin morada. En eso radicaba la función de las *vasijas*. Mantenían en la boca abierta tofu blando capaz de atraer al zorro, y este caía en la trampa: se acercaba a husmear y a lamer y acababa engullido. Ese traslado del zorro, acompañado de muchos alaridos y contorsiones, se lo había descrito el director del hospital con pelos y señales. También, la suerte posterior que corría la *vasija*, el *albergue,* el *asilo*. El director del hospital de Matsue había disfrutado tanto como el estudiante con la repugnancia del sabelotodo tokiota.

Nada más estar poseída por el zorro, la *vasija* entraba en estado de locura, una locura leve, gimoteante y de larga duración, y moría muy despacio exhalando un olor característico. «Da la casualidad que tenemos una *vasija* en el patio trasero, querido colega. ¿No le apetece echarle un vistazo?» Había que rezar una oración sobre el cadáver de la *vasija* en la que el espíritu del zorro se hallaba encerrado de forma segura —o quizá insegura—. O se tiraba el cuerpo rápidamente a una hoguera donde se quemaba la mala hierba, o se lanzaba al mar, a un río, adonde fuera, incluso cerca de un pozo de agua potable. (Esto último había sido fruto de una elucubración del doctor Shimamura. También había salido de su cosecha la idea de que las *vasijas* particularmente robustas acogían a varios zorros y después se hinchaban y terminaban reventadas. E incluso ya soñaba con las *vasijas*, inventándoles cada vez más detalles de tanto asco que sentía.)

Las dos *vasijas* de ese día, según constató Shimamura, una mujercita y un hombrecillo, habían desatado furtivamente la soga de sus cuellos para que el caballero del canotier no adivinara su oficio. Caminaban con aire hipócrita junto al monje. Hasta las *vasijas* conocían la repulsión del doctor Shimamura y le tomaban el pelo.

Shimamura se percató de que se hallaba buscando piedras arrojadizas.

—¡Allá delante! —exclamó jubiloso el alumno, mientras, a golpes y con gesto triunfal, vaciaba la ceniza de su pipa.

Los tres signos rojos del zorro marcados en el mapa eran fáciles de distinguir en la realidad: alrededor de un par de chozas agazapadas que bien habrían podido ser establos, había, en un bosque de banderas mágicas, una docena larga de *vasijas,* ya de pie, sentadas, tiradas o repantigadas.

—¿Por favor, por favor, puedo sacar una foto, señor doctor? —gritó el estudiante.

Shimamura se tragó el jugo gástrico que, ante aquella reunión de *vasijas,* se le había subido hasta la garganta.

—No, gracias, señor alumno —dijo el doctor Shimamura—, porque, como ya le expliqué una vez, aquí no nos dedicamos a la etnología, sino que practicamos la medicina.

Los tres signos del zorro dibujados por el director del hospital de Matsue resultó que correspondían a una mujer epiléptica —que, por suerte, presentó un ataque de Jackson en los primeros cinco minutos—, su fingida hermana y una vecina idiota sin más síntomas que los propios de la idiocia. El estudiante recibió permiso para fotografiar a la epiléptica, cosa que no lo satisfizo, porque en la choza pestilente había demasiada oscuridad y el ataque había terminado hacía rato. Después, sin previo permiso, retrató también a la fingida y a la idiota. Empujó a ambas al sol y las hizo posar delante de las banderas mágicas, mientras Shimamura intentaba trabajosamente sacarle una amnesia a la lamentable madre de la enferma de Jackson.

Como siempre, no podía detectarse nada específico en las llamadas posesas. Como siempre, el doctor Shimamura no comprendía el lloriqueo de la población rural. Como siempre, las enfermas de zorro ponían el grito en el cielo en cuanto Shimamura iba a examinarlas, y se echaban en brazos del estudiante con un llanto escandaloso e incontenible.

Aparte de la fotografía, esto se había vuelto la ocupación predilecta del estudiante. Ostentaba como fajas de honor las improntas que habían dejado en su pecho las muchachas con sus sucias y lacrimosas caras. No se podía descartar que cuatrocientos años atrás alguno de sus malditos ancestros hubiera sanado por la simple imposición de manos a los vasallos de más baja categoría, y que algo de eso hubiera quedado en el patrimonio genético del joven. También hablaba en susurros con los enfermos y sus parientes, y sin duda no de temas modernos. A la pobre criatura del absceso de ovario la había hecho escupir en la palma de su mano y luego, con un ampuloso gesto de gravedad, había salido al aire libre con el esputo. Shimamura no se había perdido detalle. Pero no le había preguntado a qué venía eso. Estaba demasiado estupefacto como para prohibirle su desquiciado hacer. Después pasó tres noches cavilando sobre si el estudiante, una vez fuera de la choza, había pagado a una de las acechantes *vasijas* para poder alimentarla con el esputo de la enferma del absceso.

No cabía duda de que el estudiante se dedicaba a exorcizar zorros con íntimo deleite. Pero Shimamura miraba para otro lado. A medio camino entre Taotsu y Saiwa, en la oscura choza en la que nadie limpiaba las excreciones urinarias de la mujer epiléptica, pero donde todo el mundo rezaba, constató que ya cualquier cosa le daba asco: las enfermedades, las personas, la medicina y la superstición, los zorros e incluso la patología del doctor Griesinger.

Shimamura Shunichi y su alumno recorrieron a pie el horno de Shimane durante dos semanas. Los zorros no escaseaban. Ninguna paciente presentaba síntomas neurológicos, ni siquiera los achaques psiquiátricos pasaban de vaguedades. Tras un buen número de cuadros tuberculosos, una meningitis, tres simples gripes y toda clase de parálisis de casos poco claros, Shimamura se cansó y, sin justificación alguna, diagnosticó una manía coreica por el solo hecho de que el término le gustaba, así como una psicosis del embarazo.

La mayoría de las mujeres no sufrían de nada. El estudiante las curaba, de la forma que fuese, mientras Shimamura hacía como que no se enteraba.

Pasadas dos semanas, su astenia había dado el salto a la neurastenia y su dispepsia se había convertido en algo efervescente que durante un día entero confundió con el cólera. El estudiante había dejado de caminar detrás de él. Ahora lo precedía ufano. Apartaba las ramas que sobresalían en el camino de Shimamura y ahuyentaba por él a las *vasijas*. Mientras lo hacía, hablaba, reía y fumaba. Shimamura se sentía un anciano. El muchacho se había hecho hombre, uno al que la medicina alemana le sentaba como dos pistolas a un santo. Shimamura ya no quería aleccionarlo. Las viejas canciones que el otro entonaba apenas las comprendía mejor que las quejas de las enfermas de zorro. Al final, decidió marcharse.

—Ahora que ha explorado la morralla a satisfacción, va a recibir a nuestra damisela —dijo el director del hospital de Matsue cuando Shimamura iba a despedirse—. Tenga, querido colega. Un mapa nuevo. Me lo he reservado para usted hasta el último momento. Aquí… —el director señaló un enorme signo de zorro de color sangre rodeado de un halo de rayos que adornaba un lugar remoto de los acantilados—… aquí ha de encontrar a la bendita hija del pescadero. Nuestra celebridad. Su recompensa. La princesa vulpina de Shimane.

TRES

El viernes, cuando el tiempo mejoró y la fiebre no le hubo subido más que de costumbre, el doctor Shimamura salió a dar un paseo con su mujer.

Sachiko no le veía la gracia a esta rutina. Llevaba muchos años sin comprender esa necesidad de andar al aire libre por cuestiones de salud en vez de quedarse en la cama y ahorrar las fuerzas que, por naturaleza, les faltaban a los enfermos. Ya en Kioto siempre se había sentido un poco ofendida cuando su marido le hablaba de las virtudes del aire fresco: como si su casa no oliera bien, como si hubiese que refugiarse al sereno, en las áreas públicas, cuando se quería ayudar a los pulmones a funcionar mejor. A veces, en momentos en los que se hablaba demasiado de los dichosos paseos, colocaba en la casa grandes ramos de flores. Pero Shimamura nunca había entendido esa crítica silenciosa.

Con gesto austero y un paraguas cerrado en la mano, Shimamura Sachiko deambulaba al lado de su marido. No había nada que ver. Para la nieve era tarde, para las flores temprano, y el castillo estaba demasiado lejos. El templo tenía un jardín bonito, pero desde que Yukiko había empezado a pagar la entrada solo para poder tocar la estatua milagrosa, el matrimonio Shimamura sentía vergüenza y hacían lo posible por evitar aquel sitio. El río se encontraba casi a la misma distancia que el castillo, y tampoco era particularmente bonito. De modo que solo quedaba el paseo. Sachiko ponía los pies con sutileza en el camino que conducía desde su casa, un tanto apartada entre los campos, hacia la ciudad. Cada tres pasos incorporaba el paraguas. Procuraba captar en aquel camino algo que apelara a sus sentidos. Al cabo de un rato consiguió generar una especie de compás que eliminaba su sensación de los segundos de manera ordenada, pudiendo así abandonar su obstinación. Al menos no llueve, pensó. Al menos no viene nadie a quien tengamos que saludar. Al menos es febrero.

Shimamura mascullaba algo incomprensible. Sachiko no hizo esfuerzo alguno por preguntarle, a buen seguro solo era una u otra variación de la frase: «Aquí se podría obtener una cosecha mayor». Shimamura la decía cada vez que paseaba por la vereda de los campos. Durante toda su vida, en sus ratos libres, se había interesado por las cosas más diversas e importantes, pero nunca las había puesto en práctica, la ciencia agrícola entre otras. «Sí, querido», dijo Sachiko.

Al final de su cincuentena, ella conservaba una postura muy derecha y altiva. Ya era espigada, con el cuello largo y los brazos largos, brazos que nunca dejaba caer junto al cuerpo, sino que mantenía siempre doblados para sentirlos como es debido. No le gustaba estar con las manos vacías, de ahí también el paraguas. Se parecía más a su marido y a su suegra que a su propia madre. Cuando su familia concertó el matrimonio, este era un tema constante: lo bien que la pareja sintonizaba por su estatura. Por lo demás, a nadie se le ocurría nada más que decir sobre aquel matrimonio. Sachiko no necesariamente había querido casarse con el joven médico. Este parecía ser un individuo nervioso y estar continuamente pensando; además, en las dos semanas del cortejo, rompió dos veces la patilla de sus gafas; eso a ella no le agradó. Pero, a falta de objeciones de gravedad, no opuso resistencia.

También Shimamura Sachiko era muy pensativa. Pero, a diferencia de Shunichi, a ella no se le notaba. Ni siquiera los pensamientos románticos le eran ajenos. De muchacha, había soñado con tener largas y blancas alas, en lugar de largos y blancos brazos, y así poder salir volando y encontrar en los brazos de un hombre —que no fuera médico ni tuviera médicos en su familia— un amor de pasión irracional. Desde entonces había pasado mucho tiempo. Solo conservaba cierta preferencia por los tonos claros. Claro era su pañuelo, y claro era el pañolón que vestía sobre su clara ropa de casa. Bajo el pañuelo asomaba, por la frente, un mechón de pelo cano. Sachiko confiaba en que se volviera blanco por completo una vez que se hubiera quedado viuda.

A menudo, Shimamura Sachiko reflexionaba largo y tendido sobre ese momento.

—Ha llegado otra carta por el asunto de tus xilografías —dijo Sachiko—. Es de un alemán que vive en Tokio. Quiere venir en tren para verlas. También ha escrito uno de tus colegas, al que no conoces, interesándose por las colchonetas.

Shimamura, con el ceño fruncido, contemplaba los campos mal aprovechados de Kameoka. Emitió un «hummm» apenas audible. Volvía a estar meditando. Sachiko se percató sin mover la cabeza.

—¿*Abschmettern?*[1] —preguntó en alemán.

Shimamura repitió el «hummm». Pero esta vez sonó más animado.

Hacía años que el *abschmettern* formaba parte de las numerosas tareas de Sachiko en Kameoka. Abría la correspondencia de su marido, y si el autor no era uno de los tres amigos de este —todos médicos, dos residiendo en Kioto y uno en Heidelberg—, leía la carta de principio a fin, le consultaba (o a veces no) para cumplir y procedía a *abschmettern*. ¡Qué palabras más feas tenía el alemán! En ocasiones, aunque cada vez menos, Sachiko

1. Rechazar secamente, repeler. (*Todas las notas son del traductor.*)

se imaginaba cómo sería viajar como turista a Alemania, por ejemplo, al lago de Starnberg, y tratar de conversar con un nativo. *Abschmettern. Schnupftuch. Intravenös. Türklinke. Psychopathologie.*[2] ¡Qué conversación más breve y tonta sería! En ese momento Shimamura Sachiko se vio invadida por un tedio como el mundo no lo había visto hasta entonces. Por un instante, ese tedio le quitó el aliento y le hizo perder el paso. Miró fijamente los campos. Luego el cielo. Luego a su marido. Y de nuevo el cielo. Por último, los dedos de sus propios pies, cubiertos por medias blancas. A continuación, dijo «Hay que ver». Contó nueve pasos y tres golpes de paraguas. Entonces el tedio se contrajo, pasando de fenómeno devastador a algo de una total normalidad.

—El alemán ponía mucho énfasis en su deseo de contemplar tu colección de xilografías —dijo.

Al ver que Shimamura no reaccionaba, dejó de insistir. De todos modos, lo de las dos cartas se lo había inventado. Como la correspondencia menguaba a ojos vistas, Sachiko, en intervalos regulares, se inventaba cartas para que Shimamura preservara la voluntad de seguir viviendo. «Mientras alguien nos escribe a sabiendas de poder ser rechazado —pensaba—, sentimos que formamos parte del mundo.» Y las colchonetas y las xilografías siempre irritaban a Shimamura. Le irritaba que se le conociera nada más que por unas colchonetas

2. Rechazar secamente, repeler. Pañuelo de cabeza. Intravenoso. Picaporte. Psicopatología.

de pared para fines psiquiátricos y una colección de xilografías de motivo vulpino. «Mientras uno sigue irritándose, no muere», pensaba Sachiko. Y a una cuidadora le correspondía demorar la muerte del doliente. Parecía una verdad de lo más obvia, pero de cuando en cuando Sachiko tenía que recordársela a sí misma.

—Hay que ver —dijo Shimamura Shunichi.

—¿Quieres que volvamos?

—Hasta la curva.

Como siempre, fueron hasta el recodo. Luego, poco a poco, iniciaron el camino de regreso. Una nube tapaba el sol. Shimamura respiraba con mayor dificultad. Sachiko se acordó con mala conciencia de una carta que nunca le había mencionado a su marido. Estaba guardada bajo el suelo de la habitación sur, en un manual holandés de farmacología de su padre, y era de alguien que deseaba adquirir la colección de xilografías entera e incluso ofrecía un buen precio. Sachiko pensaba contestarle tras la muerte de su marido, para que todos esos zorros dejaran de darle la lata cuando fuera viuda.

Había alguien parado a medio camino de la casa, entre los membrillos. Se detuvieron. Al matrimonio Shimamura no le gustaba saludar a los vecinos. Pero solo era la muchacha. De pie entre los arbustos desnudos, la chica cantaba:

En la hierba larga, en la hierba corta,
en Uji y Kei,

el amado me ha doblegado,
ay, abuelita, abuelita, muérete pronto
así no tenemos que morirnos de hambre.

Y vuelta a empezar.

Shimamura se había detenido para escucharla. Lo hizo sonriendo, como si oyera el canto del primer pájaro de la primavera u otra cosa bonita. Sachiko no miró a su esposo, que se había quedado un poco atrás, casi como buscando protección, aunque ella podía notar su sonrisa.

La muchacha tenía una voz potente. Parecía reprimirse. Sonaba como si se tapara la boca, pero las dos manos se agarraban al tronco del membrillo. No había advertido la presencia de los Shimamura. Su canto estaba cargado de desesperación, pero al mismo tiempo era artístico, con toda suerte de trémolos. Sachiko dio una patada a una piedrecilla, sin embargo, esta era demasiado pequeña, igual que la patada, y la muchacha empezó su canción por tercera vez, con variantes, como si estuviera sola en el mundo. Shimamura seguía sonriendo detrás de los hombros de Sachiko. Su respiración fluía más acompasada.

—Me acuerdo de esta canción —susurró. La muchacha se asustó, soltó el árbol, contuvo con trabajo su voz obstinada que seguía vibrando con la palabra «abuelita», y salió corriendo.

—Esa canción no existe —dijo Sachiko—. No existe una canción con «Uji y Kei».

—Se ha asustado y ha salido corriendo —comentó Shimamura—. Esta canción la cantaban antes mi madre o la tuya. U otra persona. Aún me sé la letra.

—Por cierto, no deberías llamarla Luise —dijo Sachiko—. No puede pronunciarlo. Se pasa días y días murmurando «Luise, Luise» hasta quedar desmoralizada por completo. Y tu madre nunca ha cantado una canción con «Uji y Kei», y la mía tampoco. No hay en la tierra canción que diga «Uji y Kei». La memoria te engaña. Y no se llama Luise. ¡Pobre criatura!

De pronto, Sachiko se dio cuenta de que había levantado la voz. Shimamura reculó otro paso y la miró atónito. «Qué piltrafa está hecho», pensó Sachiko. Se llevó la mano al pañuelo y se metió el mechón debajo.

—Por lo general la llamo Anna… —masculló Shimamura.

A Sachiko le había pasado completamente desapercibido que se trataba de una pobre criatura cuando la había raptado del manicomio de Kioto para llevársela a Kameoka con la esperanza de que le insuflara a su marido una mínima voluntad de vivir.

—¿Vamos a casa, querido?

—Hummm.

Disfrutaron un rato más del tiempo que, para ser finales de febrero, era realmente muy bonito. Después se marcharon a casa.

Cuatro

Desde que sorprendiera a la muchacha entre los membrillos —ya no quería llamarla por su nombre—, el doctor Shimamura —o su cerebro, según se expresaba las veces que no quería decir «yo»— tenía la certeza de que la canción con «Uji y Kei» procedía de la hija del pescadero de Shimane.

No era de extrañar. Muchos de los recuerdos que generaba su cerebro y que no conseguía asociar de forma instantánea, se los atribuía a la hija del pescadero. Shimamura no podía evitarlo. Kiyo, la hija del pescadero, era el punto de partida para el «Proyecto O», el problema central de la psicología de la memoria, el eje de la anamnesis. También era la causa de que Shimamura pronunciara *el espíritu del zorru,* a la vienesa, pues sin la muchacha, Kiyo, el asunto difícilmente habría llegado hasta Viena y no habría tenido allí tan mala difusión entre los colegas de profesión.

El doctor Shimamura se tomó la temperatura. Después comprobó si venía alguien, si todas las mujeres estaban en su sitio. A continuación, sacó varios tomos del Charcot francés de la estantería y extrajo el hatillo del fondo. Conservaba en este las pruebas del caso de Kiyo. Juguetes de una niña pequeña: un monito de trapo colgado de una vara de bambú, un rehilete, una peoncilla, unas flores de papel. A veces, a Shimamura le parecía que no recordaba de Kiyo más que esas menudencias, y por la única razón de que podía sostenerlas en la mano siempre que lo deseara. Les daba vueltas a uno y otro lado, luego volvía a guardarlas. Los juguetes de Kiyo estaban mordisqueados y masticados como los de un perro.

La casa del pescadero se hallaba en una hondonada umbría de las montañas, muy por encima del mar. Era una casa bonita, francamente aristocrática, donde el pescado no se vendía al menudeo, sino que se administraba con fines lucrativos, y el pescadero, según se hizo patente, era una eminencia entre los de su oficio. Shimamura y el estudiante no lograron descubrir cómo había alcanzado esa posición ni por qué el pescado y su gestión gozaban allí de tanto prestigio.

La subida había sido dura. Una y otra vez el joven estudiante había hecho méritos. Encontraba en el terreno

pedregoso escalones naturales para el exhausto neurólogo; y en un momento en el que este estuvo a punto
de caerse a causa del cansancio —o de una especie de
desesperación—, le salvó la vida atrapándolo.

Por el acantilado no vagaban ni *vasijas* ni exorcistas,
tampoco los seguía niño alguno. Reinaba un gran silencio y hacía mucho calor. De las ramas colgaban, aquí y
allá, elementos blancos arrancados de alguna parte, ya
fuesen plumas, ya el pellejo de algo que pasaba como
una exhalación. De vez en cuando se levantaba un aire-
cillo, entonces Shimamura se quitaba el sombrero para
que el aire le refrescara el pelo empapado por el sudor;
pero lo que soplaba no era una brisa de mar, sino algo
asfixiante, pesado, casi parecido al humo de algo que se
ha quemado.

—¿Se acuerda de cómo, cuando éramos niños, al
contar nos saltábamos el cuatro porque convocaba la
muerte? —preguntó el estudiante—. ¿Uno, dos, tres…,
cinco, seis, siete? ¿Lo recuerda, señor doctor?

No llevaba más que una faja. La bata de campesino que las pacientes de zorro habían ido manoseando
durante dos semanas estaba completamente rasgada, y
se la había atado a la cabeza. Las mangas, junto a sus
orejas, le caían como trapos sobre los hombros. Shimamura miraba absorto y sin palabras el trasero en cueros
del estudiante que daba bandazos por entre las rocas,
en la maleza. Era el alumno quien ahora cargaba con el
botiquín y el aparato fotográfico. Shimamura se volvió
a poner el sombrero, se lo quitó de nuevo y se lo puso

una vez más. Una libélula cruzó bordoneando. El doctor recordó el número cuatro y al dios de la muerte. Tenía miedo, un miedo antiguo, ancestral.

El rico pescadero no vivía en su bonita casa. Quizá nunca había vivido allí. Quizá solo la había construido para alojar a su hija poseída, acompañada de su madre, algunas tías y numerosas criadas y recaderas, y luego había huido lo más rápido que había podido. Pero es algo que Shimamura y el estudiante no averiguaron nunca.

El doctor había calculado que su última exploración les llevaría una hora. Pero esta se prolongó dos semanas y media. El calendario, donde llevaba apuntadas las jornadas para el profesor Sakaki, presentaba una laguna correspondiente a los días que pasó con la muchacha, Kiyo.

Transcurrió un rato largo hasta que se permitió que el médico pasara. La paciente debía de tener dieciséis años. Era una belleza en flor. Llevaba sus largos cabellos recogidos en forma de sortijas, y se encontraba sola en un espacio amplio inundado por el sol, vigilada de lejos por un corro de mujeres y sentada con las piernas entrelazadas sobre una mesita, donde jugaba con los jirones de una revista titulada *La Vie Parisienne*.

—¡Señor doctor! —exclamó interrumpiendo el mutismo de Shimamura—, discúlpeme.

La revista se le escapó de las manos, y ella se postró de rodillas delante de la mesa y adoptó un gesto de profunda reverencia.

Sin saber qué era lo apropiado en aquel lugar, Shimamura permaneció de rodillas y a una más que debida distancia. Se arrepintió de haber aparcado al estudiante desnudo en el jardín y, por vergüenza, no habérselo llevado hasta allí. Inmóvil y completamente doblada, Kiyo miraba en dirección a Shimamura entre sus pestañas y un mechón de pelo que se le había soltado. Parece sacada de una compañía de teatro, pensó este, es la joven diva de una *troupe* de mujeres actrices tokiotas de flamante modernidad, y Sakaki la ha enviado a Shimane para fastidiarme. Medio inclinado y muy contraído, contemplaba a su nueva paciente y se preguntaba si acaso estaría él manifestando síntomas de una locura paranoide que hasta ese momento le había pasado inadvertida.

La espalda de Kiyo subía y bajaba. Respiraba hondo, luego deprisa, cada vez más rápido. Bombeaba aire como un insecto.

—Discúlpenos —susurró oprimida, y de repente abandonó la actitud de reverencia para incorporarse disparada, echar la cabeza hacia atrás y proferir un grito. Un aullido. Un gañido primero agudo y luego gutural, que no se interrumpía. Aquel cuerpecito parecía contener muchísimo aire, cantidades de aliento insospechadas. Seguía de rodillas, y de pronto se dobló en una especie de reverencia inversa hasta que su cabeza estuvo a punto de tocar la estera, pero por el lado equivocado. El grito persistía.

Todas las mujeres se taparon la boca y la nariz y salieron corriendo.

Shimamura se incorporó de un salto. Ya de pie comenzó a observar el panorama. Con su media voltereta, Kiyo había dejado al descubierto gran parte del torso, y la mirada de Shimamura se paseaba por su piel blanca, tersa sobre las costillas, y dos minúsculos pezones oscuros que parecían haberse corrido de forma alarmante hacia el cuello. De hecho, todo el cuerpo daba la impresión de estar así. Los hombros y los codos se habían desplazado a lugares imprevistos por la anatomía humana. ¿Y dónde estaban las manos? ¿Se aferraban a las corvas? ¿A la parte posterior de los tobillos? ¿Kiyo acabaría invirtiéndose, como un guante vuelto del revés? Shimamura no la socorrió. Con la cara inyectada y el cuello inflado, sin dejar de gritar, seguía echada a un lado y se había desprendido del cinturón y de la cuerda de este. Bajo el kimono, uno bonito y claro, de muchacha, con un oportuno dibujo de peces, asomaron numerosas fajas blancas muy ceñidas. Seguramente era porque, en el transcurso del día, Kiyo solía perder su vestido, y por eso todas las mañanas procedían a fajarle bien las zonas inferiores.

El gañido gutural volvió a dar paso a un grito estridente, seguido de un temblor y un estertor cavernoso. Kiyo estiró el cuello. Sus ojos regresaron a su posición normal. Durante un momento de esperanza,

Shimamura creyó que se iniciaba el estiramiento tónico conveniente y que el asunto tomaría un giro epiléptico racional, pero en vez de ello, Kiyo se colocó de costado, ocultó con primor sus piececitos bajo el dobladillo, apoyó la mejilla en la mano y, agotada y no sin reproche, como culpándolo de aquel espectáculo exasperante, miró a Shimamura a la cara.

El doctor Shimamura se oyó gritar «Por favor, venga en auxilio de su hija». El alarido le salió menudo y afónico, y nadie acudió.

—Ahí —dijo Kiyo, clemente—. Mire ahí.

Kiyo rodó hasta quedar de nuevo de espaldas y continuó desnudándose. Incluso juntó un poco las fajas, hasta debajo de los huesos del coxis, exactamente hasta el arranque del pubis, y abrió de par en par el dibujo de peces sobre los muslos.

Entonces llegó el zorro.

Cuando se hallaba en estado de reposo parecía residir bajo las fajas de Kiyo, pues era de allí de donde pugnaba por salir en ese momento. Se trataba de un zorro pequeño, de dos o tres palmas de largo, según se estiraba o se contraía, porque en su hábitat reducido, directamente debajo de la piel blanca y tierna de Kiyo, casi se movía como una oruga. Esta lo seguía con el dedo mientras avanzaba despacio por el vientre hacia el tórax, la axila derecha, la izquierda, se metía con brío en el interior del brazo izquierdo y se afanaba por llegar casi hasta el codo, que no paraba de sobreestirarse. Shimamura creía oír crujidos. Asistía petrificado a la escena. Kiyo jadeaba. Parecía sufrir grandes dolores, el sudor brotó de su frente y las lágrimas asomaron a sus ojos, pero no se le escapó ningún otro grito. La mirada seguía siendo de reproche: «Esto lo soporto por usted, doctor, solo por usted».

Shimamura Shunichi se observaba a sí mismo viendo un cuerpo de zorro, pequeño y de perfecta silueta, recortarse de forma transversal bajo las clavículas de Kiyo, donde tras un breve descanso dio un bandazo para adentrarse en el cuello y, después, buscar con fuerza la cavidad bucal. Kiyo apretaba los labios. Luego se ayudó con las manos. Los carrillos se le hincharon. Entre sus dedos aparecieron burbujas de espuma rosa. ¿Era el morro del zorro chocando con los dientes de Kiyo? ¿O se había dado la vuelta en su camino y oprimía ahora su poderosa cola contra el lado interior de los labios de la muchacha? Kiyo se estaba asfixiando. Su cuerpo se sacudía y se convulsionaba. Shimamura se notó repitiendo algo para sus adentros, esperaba que no fuera una oración. Después, aquella cosa dio marcha atrás. Descendió desde la boca al cuello y luego al tórax y a su guarida de reposo, bajo las fajas blancas. Kiyo se estiraba y suspiraba. Sonaba indolente. Quizá como un oso. O una osa. Un gemido demasiado hondo, profundísimamente satisfecho, emanaba de entre sus labios sanguinolentos.

—*Paroxismo* —sentenció el zorro.

Tenía una voz ronca, vieja, sabia. Estaba tendido ahí, en forma de muchacha, rendido por el cansancio y rodeado de una tela pálida con dibujo de peces y las hojas de una revista francesa. De las pupilas elípticas de sus ojos de color ámbar oscuro recaía en Shimamura Shunichi una mirada medio interesada, medio aburrida.

Conforme el cerebro de Shimamura iba reconstruyendo los hechos, fueron pasando dos semanas y media, en las que estuvo, sobre todo, en aquella estancia luminosa. Sentado con las mujeres, de rodillas y con las medias puestas, sudaba y se abanicaba a la espera de ser recibido. Cuando las mujeres se tapaban la boca y la nariz con trapos y salían a la carrera como obedeciendo una orden —por más que pudieran querer a la muchacha, no estaban dispuestas a asumir a su zorro—, Shimamura se ponía de pie, se acercaba y exploraba cuanto acontecía sobre las esteras centrales, junto a la mesita que servía de asiento a Kiyo.

Para el alumno del doctor se encontró ropa adecuada, y el muchacho, a veces, a menudo, siempre —según lo que recordara Shimamura— le había servido de asistente. Tarea que consistía en que el alumno también hacía de observador. Porque aparte de prestar atención, Shimamura hacía poco más. Una sola versión de sus recuerdos —poco fiable—, parecía mostrarlo abalanzándose con todos sus martillos y espéculos sobre la muchacha, justo en el momento en el que esta se hallaba inconsciente, pero en el que su naturaleza humana no admitía duda. Entonces pudo escudriñarla de modo bravo, ávido e infructuoso.

Mientras, el estudiante fotografiaba. Así lo aceptaron con gusto Kiyo y su enfermedad que, para infamia de todo el Japón, seguía recibiendo el nombre de «zorro», cuando lo más seguro es que se escondiese bajo otra denominación en el manual del profesor Griesinger, donde Shimamura no la localizaba porque, al parecer, no era buen médico y, también, porque posiblemente había sufrido una insolación o una *folie à deux*.

Es probable que el estudiante gastara rollo tras rollo de película de carrete con la modernísima cámara inglesa. Shimamura no lo recordaba haciendo otra cosa, no hubo ningún acto de superstición ni fraternización alguna con la enferma, tampoco recordaba que Kiyo hubiese llorado en su pecho. La locura de esta, su mera existencia, había reducido de golpe al exorcista del zorro a la condición de un muchacho tokiota que, por razones incomprensibles, caminaba siguiendo los pasos de un neurólogo.

La estancia luminosa, el vestido con el dibujo de los peces, los prodigios de la anatomía de Kiyo… Todo un golpe de suerte para el fotógrafo. Además, ella daba conversación. Pláticas decentes. Sobre el tiempo, las florecillas, las pequeñas aves que trinaban en el jardín —¡qué reconfortante para el ánimo!—, o sobre el riesgo coyuntural del mercado del rape, del pez plano o del carángido. Su joven voz clara y el «¡hay que ver!» de Shimamura. Y mientras tanto, el zorro había torcido cuidadosamente las manos de ella en un gesto obsceno y rígido que no le permitía deshacer, para que Shimamura no pudiera olvidar su presencia a pesar de toda aquella plática decente.

A veces, el zorro lo llamaba «tiíto». Más a menudo, le decía «querido colega». En ocasiones, ofrecía apelativos sexuales como «vieja zorra» o «vieja puta». Entonces Kiyo hacía una reverencia y pedía disculpas, después se tapaba la boca con sus blancas manitas para amortiguar la risita, esa clara y estúpida risita de niña pequeña que emitía.

Shimamura acuciaba a la madre, a las tías y a las sirvientas de Kiyo para que llamaran a un exorcista. El doctor también se paseaba por el jardín, entre las queridas florecillas y avecillas de Kiyo, siempre al acecho de ayuda, sacerdotes, banderas mágicas, *vasijas*. Lo recordaba perfectamente: corrió hasta el acantilado para buscar *vasijas* por su propia cuenta; habría metido el tofu con sus propias manos en la boca desdentada de una *vasija* leprosa y desesperada para que ese maldito zorro mordiera el cebo; y, seguramente, había gritado hacia el sol silencioso, entre libélulas y pellejos arrancados colgados de las ramas: «¡Una *vasija*! ¡Por favor! ¡Aquí, a mí! ¡La necesito!».

—No se la exorciza porque no hay nada que exorcizar —dijo el estudiante, hurgando en su pipa—. No hay zorro que se agite dentro de la muchacha. No hay nada que expulsar. Dentro del zorro no vive zorro alguno. El zorro es el alma de la muchacha. Más vale dejarla dentro. ¡Oh, señor doctor, está usted lejos de comprenderlo! En mi familia, hace cuatrocientos años, aún sabían cómo actuar en estos casos.

Shimamura estaba bastante seguro de no recordar del todo bien aquellas conversaciones. ¿Sería verdad que a Kiyo, cuando se encontraba mejor, la dejaban jugar a la peonza y al rehilete con el estudiante en el jardín? ¿Y que se rieran? ¿Que se rieran?

La penúltima noche en la casa del pescadero se fraguaba una tormenta que no acababa de descargar.

—Qué lástima —dijo Kiyo—. Habría refrescado una barbaridad. ¿Se marchará usted pronto a casa, a Tokio, señor doctor? ¿Me mandará cartas? ¿Me mandará mis fotografías? ¿Me mandará una nueva revista francesa? La última está terriblemente mordisqueada…

Shimamura recordaba que cenaron juntos, el estudiante, las mujeres, Kiyo y él, en un rincón de la veranda, donde circulaba un poco más de aire. Recordaba el tono galvánico del cielo: negro y galvánico, y que alguien, el estudiante, una mujer, él mismo, dijo:

—El tiempo ideal para relámpagos esféricos.

El doctor Shimamura llevaba dos semanas sin dormir, y esa noche tampoco era capaz de conciliar el sueño. Se acostaba, se sentaba, se volvía a tumbar, salía a la veranda y se abanicaba. No había relámpagos esféricos.

La luna estaba casi llena, desfilaban nubes, Shimamura miraba hacia lo alto del tejado y al pez invertido dispuesto allí como ornamento. Lo contemplaba todas las noches. Tenía la boca abierta, las aletas caudales muy separadas, y a contraluz, cuando la luna asomaba, parecía un surtidor encorvado.

Fue entonces cuando la muchacha caminó sobre el tejado. Sin hacer ruido, se deslizó a lo largo del caballete con sus cuatro extremidades, mano sobre mano, pie sobre pie. En el centro del tejado, cerca de los canalones ensanchados, se quedó sentada. Y se aseó. Lamiendo las patitas con la lengua y pasándose estas a su vez por la cara. La luna iba y venía. El pez de la aleta separada y la muchacha, sombras chinescas a contraluz. Luego ella se desvistió. Se quitó el pijama, la sábana, lo que llevase puesto cuando de noche cruzaba el tejado, y se desprendió de su piel humana a través de un orificio liso en el vientre, también se sacudió su cabello humano y, una vez libres, se limpió las orejas. Un remolino de pelo en el hoyuelo de la garganta. En los extremos de las mandíbulas y bajo el esternón, el color pasó del oro al blanco, y una *línea alba* recorría la dorada cola entera hasta la punta. Luego alguien subió a hacerle compañía. Alguien que había estado colgado del canalón y que ahora escalaba, entre martirios, el caballete. Un torpe que no conseguía coordinar manos, pies y zarpas, y que se resbaló cuando iba a tocarla con el morro, rodando sobre las tejas como un saco mojado.

¿Quién era? ¿El estudiante? ¿Shimamura? ¿Un animal?

Ella lo dejó colgado un rato. Reía y ladraba. Luego lo ayudó a subir. Y la luna se ocultó tras las nubes.

A la mañana siguiente, Shimamura Shunichi se despertó con un espasmo laríngeo. El estudiante había desaparecido. El espasmo se solucionó rápidamente con un vaso de agua, pero el estudiante no volvió a aparecer. Al principio pensaron que andaba por los acantilados para disfrutar de las vistas, o que había dado un paseo hasta Saiwa, pero al encontrar la cámara medio desmontada tirada en la antesala de la cocina, empezaron a extrañarse. Todos en el hogar del pescadero conocían el apego del estudiante hacia su cámara, entonces, ¿por qué el aparato estaba allí y él no?

Shimamura Shunichi no recordaba lo que hizo para dar con el paradero del estudiante. Solo recordaba la fiebre que había sustituido al espasmo, y que de pronto las mujeres se le pegaron como lapas, con quejas, ruegos, preguntas, confesiones y ofrecimientos.

—Y en eso quedó la cosa —dijo Shimamura Shunichi a la criada durante uno de sus matinales acarreos de la cuba de agua, y mientras ella miraba de reojo al encamado emérito, como si fuese lo más bonito de este mundo—: En eso quedó la cosa, pequeña Luise, hasta el día de hoy. Mi fiebre. Mi éxito con las mujeres. Y el estudiante nunca más fue visto.

Después de que hubiera tomado la decisión de regresar solo a casa, queriendo o sin querer, Shimamura visitó a Kiyo por última vez. La habían trasladado de la estancia luminosa a un cuarto oscuro, porque no soportaba bien la luz. Shimamura la encontró flaca, apática, mal irrigada y con la piel impura. Le percutió el tronco del nervio facial delante del lóbulo de la oreja. Kiyo lloró. También se aferró un poco a Shimamura, pero no tardó en soltarlo. Pidió lloriqueando su monito de trapo. Pidió lloriqueando tofu. Nada la satisfacía. Entonces se durmió. Shimamura ordenó a las mujeres que prepararan un batido de huevos con miel para tonificar a la muchacha. Dijo, también, que el zorro se había ido.

En el *rikshaw,* a medio camino de Tokio, redactó el último diagnóstico para el profesor Sakaki: «Histeria».

Cinco

Shimamura Hanako trabajaba en una biografía de su hijo desde hacía muchos años. Tantos, que ya había superado el punto en el que esta se desbordaba por los cuatro costados. Poco a poco, había empezado a comulgar con la opinión de que el asunto merecía más bien treinta páginas y no trescientas, y que lo había sobrevalorado desde el principio.

Naturalmente, Hanako escribía en secreto. Los pasajes que la complacían los escondía en la desusada prensa de plantas de Shunichi, que estaba guardada a su vez en una bala de tela verde bajo el suelo de la habitación norte; los pasajes que desestimaba, y eran la mayoría, los tiraba al fuego.

En un principio, había planeado una especie de libro homenaje por motivo de la jubilación de Shunichi. Tal vez se lo hubiera podido colar a uno de los oradores del acto solemne que se realizó, para que pronunciara un buen discurso en vez de farfullar exclusivamente sobre las colchonetas de pared. Pero el libro había degenerado en una suerte de novela de formación. De esta había salido una crónica familiar, la que se había pervertido hasta convertirse en una sarta de mentiras. Luego, de repente, Hanako sostenía en sus manos sus propias memorias, en las que Shunichi, su único hijo, solo aparecía al margen, cuando en realidad ocupaba el centro de su vida. En algunos momentos hasta habían surgido frases que podían confundirse con poemas y que condensaban la vida en general, y la de Shunichi en particular, en aseveraciones en las que menudeaba el vocablo «no».

Año tras año, Shimamura Hanako observaba cómo su hijo vivía y cómo su mano escribía. Dado que Shunichi no le hablaba —ni en Tokio, ni en Kioto, ni tampoco en Kameoka; ¿de qué tenía que hablar con ella?, ¿de qué se va a hablar con una madre?—, Hanako tuvo que hacerse su propia composición de lugar en lo que a la vida de su hijo y al sentido de esa vida se refería.

Según su criterio, una vida, en especial la de un hombre culto y, particularmente, la de su hijo, debía estar presidida por un lema sencillo. Tal lema, como le habían enseñado dilatadas reflexiones y la lectura de numerosísimas novelas, había de ser en cierto modo noble y en cierto modo desesperado. Sin lo desesperado lo noble carecía de interés, se llenaba de polvo y perdía su encanto.

Hacía ocho años que Shimamura Hanako cavilaba sobre un lema para la vida de Shunichi, uno que pudiera guiar su pincel y evitar que tantas páginas fuesen a terminar en el fogón de la cocina.

Durante largo tiempo se empeñó en «Deber e inclinación». Al fin y al cabo, era algo que se imponía. Casi todo tenía que ver con el *deber* y la *inclinación; ¿*por qué no también la vida de Shunichi? Por desgracia, Hanako no encontró un solo atisbo de *inclinación* en esa vida. Aun aquello que podía parecer *inclinación* en Shunichi, siempre había nacido del *deber*. «¿No es verdad?», mascullaba Hanako, cuya voz se iba haciendo áspera y trémula y cuya mano escribiente se volvía cada vez más sarmentosa, mientras humillaba la cabeza sobre el manuscrito. Desesperación sí que había. También algo noble, por supuesto; por ejemplo, las bonitas colchonetas de pared, en Kioto, que protegían de lesiones a los delirantes. Pero no encontró conflicto entre el *deber* y la *inclinación,* y sin conflicto el lema no servía. Durante un período —de tres o cuatro años— siguió pensando en inclinaciones para su hijo, inclinaciones malignas, irresponsables, que contradecían todo sentido del deber, pero cuyo refreno le arrebataba toda su fuerza al doctor, lo que explicaba por qué a menudo tenía fiebre y era, en lo científico, menos activo que sus colegas. Hanako no entendía de esta materia y Shunichi, según confiaba, tampoco. De ahí que, un día, desestimara el lema.

Entonces le dio por «Genio y locura».

A finales de febrero de 1922, cuando el tiempo de pronto mejoró, Shimamura Hanako pasaba cada noche al lado de su concuñada dormida y, bajo el influjo de esa nueva idea directriz, escribía ágil y con ánimo.

Después de que el doctor Shimamura hubiera curado, en la prefectura de Shimane, a treinta y tres pacientes, las cuales se consideraban todas poseídas por el zorro —anotó Hanako—, *regresó a Tokio hecho un hombre roto. La cosa era la siguiente: el joven estudiante de medicina, Takaoka Yoshiro, quien lo acompañaba, se le había extraviado y, quizá, había encontrado la muerte cayendo por un despeñadero, aunque nunca hallaron su cadáver. Si bien el profesor Sakaki Hajime, decano de Neurología en la Universidad Imperial de Tokio y honorable maestro del doctor Shimamura, lo absolvió de toda culpa y asumió, por él, la dolorosa correspondencia con la familia del señor Takaoka, en la conciencia del doctor Shimamura fue fraguándose la obsesión de haber sido el responsable de la desaparición o defunción del señor Takaoka. La cosa era la siguiente: la constitución mental del doctor Shimamura, que en el transcurso de las sanaciones de tantas pacientes —y en particular de la última, un caso muy grave—, llevaba ya tiempo deslizándose por el filo que hay entre genio y locura, y empezaba a inclinarse cada vez más hacia la segunda, hasta que finalmente…*

Hanako tachó «genio» y lo reemplazó por «halagador talento». A fin de cuentas, estaba describiendo a su propio hijo, y no era cuestión de presumir.

… hasta que finalmente, él mismo no conseguía ya distanciarse por completo del llamado zorro —anotó Ha-

nako—, *asaltado por la IDEA FIJA de que se había tragado en persona a los zorros de todas las afectadas después de habérselos extraído, para luego, sacrificando su salud mental y física, llevarlos hasta Tokio y cargar con ellos para el resto de su vida. Estaba ya casi seguro de que la desaparición del estudiante Takaoka tenía algo que ver con lo zorril, algo que realmente nadie podía comprender. Durante noches enteras, entre la fiebre y el llanto, nos fue soltando aquellos disparates, y todos nos alegrábamos de que el honorable profesor Sakaki no se hubiese enterado de nada, puesto que, de lo contrario, la carrera del doctor Shimamura ciertamente habría llegado a su fin.*

Hanako tachó la última frase. Después, sustituyó de nuevo «halagador talento» por «genio» para equilibrar la balanza, y ensayó algunas variantes de «IDEA FIJA».

Y la cosa era la siguiente —continuó anotando—. *El doctor Shimamura nos había traído de Shimane no solo su locura, sino también algo dulce y bello, por así decirlo. En efecto, eso nos resultó muy nuevo en él. (Cf. capítulo «La infancia del doctor Shimamura, un chico huesudo y de ánimo rígido».) Y era con aquello dulce, bello y nuevo con lo que empezó a transitar por la vida a partir de aquel momento. Y aunque esa vida fue un fracaso y quedó sin herederos naturales o científicos, siempre estuvo marcada por esta locura bonita, dulce, compasiva, casi femenina, que a su genio…*

Yukiko emitió un resuello. Luego, por un momento, su respiración se quedó en suspenso. Y a continuación empezó a roncar. Hanako, suspirando, le quitó la manta de la cara para evitar que se asfixiase. Siempre que escribía, permanecía sentada junto al lecho de Yukiko. A Hanako le gustaba tener a Yukiko bien a la vista, sobre todo cuando dormía, pues la mayoría de los ancianos morían durante el sueño. A diferencia de Hanako, que prefería meditar, Yukiko dormía con gusto. Todas las noches calentaba su sake y se tomaba su veronal. Por eso no se despertaba nunca cuando Hanako escribía junto a su cabeza. No la perdía de vista.

... que a su genio le suponía una leve rémora y que sentaba bien a sus pacientes —terminó la frase—.

—Demonios —susurró Hanako. También entre *genio* y *locura* faltaba el conflicto, notó de repente.

Yukiko resoplaba. En un momento determinado su respiración volvió a interrumpirse. Hanako, tras esperar un rato, le dio un golpecito. En el cuarto de Shunichi, detrás de esos tabiques que delimitaban el espacio donde vivía y meditaba, el reloj de la pared repicó cuatro veces.

—Ay, Shunichi —susurró Shimamura Hanako.

Introdujo el pincel en el frasquito lavapinceles, uno viejo y bonito de jade, con hojas de malva y rana. ¿Por qué no paraba de escribir? Hanako contempló cómo la tinta parecía inyectar sangre en el agua, y limpió las cerdas en la cabeza de la rana. Porque lo ha merecido, pensó Hanako. Porque es mi hijo. Porque lo merecen todos. Toda vida.

—Sí, señor —dijo Hanako. El aliento de Yukiko crepitaba, primero en la nariz, después en el cuello, luego escuchó una ventosidad bajo la manta.

Incluso Yukiko se habría merecido una biografía, pensó Hanako. Incluso Sei, la pequeña enfermera de Kioto, a la que todos creían una paciente por la sola razón de que parecía tener una cara un poco de idiota, sus piernas lucían torcidas y sus pechos eran enormes. Sei se merecía una novela entera, pensó Hanako de repente, una novela de amor, miseria, silencio y suicidio. Cada mañana, Sei trataba de aplastar sus pechos bajo la faja, pero se le salían una y otra vez. Era por eso por lo que Shunichi la llamaba Anna o Luise. La pequeña Sei adolecía de pechos absolutamente exóticos. ¿Sería «Este y oeste» un buen lema? Shimamura Hanako decidió probarlo, quizá ya a la noche siguiente. Recogió las hojas escritas, que solo eran cinco, y las fue apilando ordenadamente para tirarlas al fuego en cuanto le fuera posible.

SEIS

En el caso de la demencia inducida (folie communi-
quée, folie à deux) —escribía el doctor Griesinger
y leía no por primera vez el doctor Shimamura—, *los*
enfermos secundarios son, por regla general, personas limi-
tadas de muy escasa resistencia psíquica, eminentemente
mujeres.

Sentado en una especie de tetería callejera del puerto de Alejandría que le recordaba a un velero volcado,
trataba de beber una taza de café. Al primer intento,
solo había ingerido posos que, de una forma menos
discreta de lo que hubiese deseado, escupió de vuelta a
la taza. Después había removido el líquido y esperado.
Ahora volvió a coger la tacita y miró dentro. Era un
recipiente metálico con asa de metal. Palpó el café con

la cucharita, quitó un poco de líquido de arriba y lo sostuvo contra el rayo de sol que caía entre dos de las velas del barco. Estaba descolorido y tenía polvos flotando. Shimamura bajó la cucharita, la metió en la taza y removió de nuevo, a media altura, sin tocar el fondo. Luego encendió un cigarrillo y siguió esperando.

La comisión imperial había autorizado su beca, y cuatro meses después de su regreso de Shimane, por fin se encontraba camino de París.

En semejantes personas de ánimo débil —proseguía el doctor Griesinger— *no suele producirse una elaboración autónoma de las ideas demenciales. Antes bien, si son apartadas de la influencia del loco primario, en la mayoría de los casos vuelven a encarrilarse rápidamente.*

Shimamura desconocía el verbo «encarrilar». Se imaginó al doctor Griesinger —cuyo retrato litográfico adornaba la guarda y lo presentaba como un hombre de ojos mansos con cabello escaso y barba florida— atravesando, a bordo de viejos ferrocarriles y por viejos caminos de hierro, el imperio del káiser, haciendo ver que tenía el ánimo fuerte. Pero su barba encubría un mentón débil, su cuello era sin duda demasiado largo y su nuez de Adán, excesivamente aguda, por más cuellos rígidos que se pusiera.

¿Todavía recuerda aquel fantasma de cuando era pequeño, señor doctor? ¿El del cuello de rosca? ¿Que caminaba furtivo detrás de nosotros para de pronto empinar el gaznate y mirarnos de improviso a la cara? ¿Todavía lo recuerda? ¿Todavía lo recuerda?

—No —dijo Shimamura Shunichi. Guardó el Griesinger en la cartera y al estudiante en los archivos inferiores de su cerebro. Volvió a coger la tacita con prudencia y sorbió el café, soplando bastante y sin inclinar demasiado el recipiente. Así era como se conseguía. Tal vez fue en ese momento cuando Shimamura olvidó el nombre del estudiante, sin posibilidad de recuperarlo de nuevo.

Tras cuatro meses de locura trabajosamente disimulada en Kioto, había aceptado su debilidad constitutiva. Por penoso que esto fuera, el retrato del doctor Griesinger le había ayudado en el empeño. También los neurólogos de mentón escaso, cuello largo y carácter sugestionable podían obrar un gran bien, se había sermoneado a sí mismo durante esos cuatro meses, mientras inventaba mil excusas para evitar atender a pacientes, sobre todo femeninas, y no hacía más que parir artículos basados en hallazgos científicos anteriores con el fin de que el profesor Sakaki y la comisión de becas no se dieran cuenta de que en Shimane se había contagiado de algo horroroso.

«Que me contagie, pues, de Europa, y de toda su corrección europea», pensó Shimamura. Encendió otro cigarrillo y hojeó el diccionario francés que acababa de adquirir, amén del buen tabaco, un fez y una serie de postales de las pirámides.

Llevaba varios días aguardando su barco con destino a Génova. Se había alojado en un hospedaje situado a buena distancia del puerto, en una zona ruidosa, porque un niño, al parecer encargado de semejantes casos, lo había conducido allí entre alaridos. El hospedaje estaba infestado de piojos. Shimamura se alegraba de no ser médico higienista, como tantos colegas suyos, y de no tener que ocuparse de piojos extranjeros ni tampoco molestar a Robert Koch en Berlín. Visto desde Tokio, parecía que enjambres enteros de jóvenes higienistas japoneses zumbaban alrededor de este profesor con la esperanza de ser instruidos en materia de bacterias. Shimamura daba las gracias por ser el único becario de su especialidad y por no tener que unirse a ningún enjambre.

Shimamura Shunichi ahora se mostraba más alegre y agradecido. En ciertos instantes, si se lo hubiese permitido, habría sido capaz de llorar de alegría o de gratitud hasta por la súbita conmoción que podían producirle las pequeñas cosas del día a día, por ejemplo, los charcos o las hojas caídas. Se sentía como un anciano arterioesclerótico o una mujer menopáusica. Shimamura Shunichi, aunque no lo quisiera, llevaría esta mácula a Génova con la cabeza erguida y, desde allí, a Francia y a Alemania; al igual que la fiebre, que ya no bajaba de los 37,7 grados de temperatura.

En rigor, el doctor Shimamura era el único neurólogo del Japón. Y es que el profesor Sakaki ponía énfasis en el dominio transversal del conjunto de las especialidades, en particular, la ginecología. Hacía una eternidad, había estado con Robert Koch y había visitado todos los lugares importantes del extranjero. Había sido pionero en cualquier terreno y, dada su firmeza de ánimo, podía permitirse introducir la etnología japonesa en la neurología.

—Tenga esta bonita carpeta británica, Shimamura —había dicho Sakaki—. Le incorpora usted unas xilografías. Compre de las escabrosas cuando llegue a Nagasaki. Al fin y al cabo, es usted médico. Procure que contengan algunas marranadas de zorro. Eso dará buen resultado. Juegue la carta oriental cuando esté en Europa. Verá cómo todos los colegas quedarán rendidos a sus pies, también las mujeres, sobre todo ellas. —Luego se había reído mucho y Shimamura había secundado su risa, pues el profesor Sakaki no dejaba de ser su maestro.

Además, la risa ahora le salía casi tan fácil como el llanto. La fiebre también iba acompañada ahora de un latido permanente en la garganta, una sensación de opresión, como si una risita ajena tratara de escapársele por esta parte del cuerpo; la risa auténtica lenificaba esa molestia. De modo que reía casi agradecido cuando Sakaki le daba consejos que se revelaban como bromas o tenían que ver con las mujeres. Y cuando Sakaki lo obligó a elaborar un estudio acerca del tema «Influencia de la represión del impulso sexual sobre los nervios y la psique», también rio: primero, al comenzar a recopilar datos; después, cuando el estudio perdió toda su importancia.

Aplastó su tercer cigarrillo antes de abandonar el velero y dirigirse al puesto de información. «Génova,

Génova», dijo con voz mendicante. Tuvo respuesta, pero no la entendió. Luego se encaminó a la consigna para interesarse por su equipaje, pero se arrepintió. Shimamura Shunichi se detuvo bajo el sol delante del barracón en el que, probablemente, estaban depositadas sus dos maletas, y miró quieto al vacío. En las maletas se encontraba una carpeta británica con quince xilografías del todo escabrosas, un hatillo con juguetes mordisqueados y una fotografía. Mostraba esta un ornamento de pez sobre la cumbrera de un tejado, larga y derecha, por completo exenta de gracia. Todas las demás fotos de Shimane habían salido negras. Al parecer, el estudiante no tenía ni la menor idea de cómo manejar la bonita cámara inglesa de película de carrete del profesor Sakaki.

Quieto ante el barracón de la consigna transcontinental del puerto de Alejandría, el doctor Shimamura se imaginaba su equipaje. Por un momento barajó la posibilidad de permanecer simplemente ahí quieto, y de imaginarse Europa, París y Berlín, Heidelberg, Múnich y Viena, con sus respectivas universidades y manicomios, de no viajar, en realidad, y de imaginar también su vida ulterior sin vivirla verdaderamente. Una risa o un llanto le subió a la garganta y, como obedeciendo una orden, bajó de nuevo al pecho. Enfiló hacia su alojamiento. Por lo menos diez chavales gritones que se ganaban allí su sueldo de mendigos estaban pendientes del japonés y de Génova. Lo irían a buscar cuando llegara el barco. Lo recogerían a gritos, y a gritos lo guiarían por las calles. Shimamura creía poder confiar en ello.

Encontró su alojamiento, se tomó la fiebre, se puso el fez, fumó y pensó. Luego se presentó un chaval gritando que el barco para Génova había llegado.

Ya en el canal de Suez, que trastocó sus nociones geográficas, el doctor Shimamura había dejado de contar los días. De sol a sol, bajo un cielo perpetuamente azul y sobre un mar eternamente azulado donde no parecía haber ningún ser vivo: ni pez, ni ballena, ni siquiera algas o lentejas de agua, seguía dedicando muchas fuerzas a la tarea de distraerse: de sí mismo, de su vida real tal y como discurría allí, sin hacer demasiado caso de él o de sus dolencias. Todo eso era transportado alrededor del globo terráqueo a expensas de la casa imperial. También de ello Shimamura intentaba distraerse trabajosamente.

Los cigarrillos egipcios se habían acabado. Las dos novelas japonesas, que una extraña y antipática mujer con quien estaba casado le había dado para su periplo, sin regalarle una sola sonrisa, habían sido leídas, olvidadas y extraviadas, quizá embutidas detrás de la litera de un camarote de clase media para viajar arriba y abajo por el canal de Suez hasta fecha indefinida. Durante el día apretaba el calor. Por la noche hacía mucho frío. Además, el cielo estrellado atraía la atención de un modo que quitaba las ganas de permanecer a oscuras en cubierta. Se comía con frecuencia excesiva. A ratos tocaba una orquesta. La comida y la música le producían escalofríos, pero intentaba enfrentarse al problema, puesto que, tal vez, era cuestión de aclimatarse. Los escalofríos desaparecieron rápido, cediendo su lugar a un gran desinterés al que no podía enfrentarse ni con la mejor de las voluntades.

A bordo viajaba un alemán que hacía negocios en Egipto. Con este, a falta de otro que se ofreciera, Shimamura conversaba todos los días. El alemán le hizo tantos cumplidos por su dominio del idioma que empezó a sospechar que quizá su alemán era peor de lo que suponía. La mitad derecha de la cara de aquel hombre, que ya no era joven, parecía levemente caída y rígida desde la comisura del ojo hasta la mandíbula. Por otra parte, sufría un ligero temblor en la mano izquierda. Ambas cosas juntas tenían poco sentido. Shimamura empezó a eludirlo, y de repente el alemán también empezó a eludir a Shimamura, como si, por cortesía, hubiera esperado a que este lo eludiera primero. Shimamura descubrió en su corazón una incipiente simpatía por el vals vienés. Empezó a pasar mucho tiempo cerca de la orquesta, lidiando con la necesidad de mecerse al compás y, al tiempo, reír o llorar. Luego fue a Italia, a Génova y después tocó el ferrocarril.

En París, debido al azar (azar que rayaba el milagro), no tardó en dar con los dos estudiantes tokiotas de Derecho a los que había avisado por cable de su llegada. Un par de caras japonesas miraban directamente a la ventanilla de su compartimento. Shimamura solo tuvo que apearse para poder saludar a sus compatriotas.

La Gare du Nord era grande, y grandes eran las casas y la ciudad, donde todo estaba hecho de piedra y tenía un aspecto cristiano, como si se tratase de un conjunto de iglesias que clamaran al cielo. En esa tónica desvariaba el cerebro de Shimamura mientras viajaba en el coche con los dos estudiantes.

—Le parece que las casas son grandes y que todo está hecho de piedra, ¿es cierto? —le preguntó uno de los dos en tono exclamativo. Eran unos jóvenes que debían de residir allí desde no hacía mucho tiempo, y tener a un novato bajo su custodia los ponía nerviosos. Shimamura constató que compartía hospedaje con ellos. No recordaba quién lo había arreglado de esta manera, pero disimuló su sorpresa. Tampoco dejó que las casas grandes lo sorprendieran. Al final, y por pura cortesía, exclamó «oh, oh».

En el apartamento, cercano a la Sorbona, que compartiría con los estudiantes, en concreto en el cuarto donde dormiría, había un bidé. Se trataba de un barreño de porcelana, empotrado en el asiento de una silla y cerrado por una tapa, que servía para lavarse el trasero. El bidé tenía gran importancia para los estudiantes. Se lo enseñaron incluso antes de que pudiera quitarse el abrigo, explicando que quien quisiera lavarse el trasero por la noche lo tendría que hacer indefectiblemente en el dormitorio de Shimamura. Luego se rieron hasta que sus ojos quedaron anegados de lágrimas. Eran unos muchachos simplones. Tal vez aquel bidé, la franca idiotez de aquella construcción francesa de patas torneadas y pila ñoñamente moldeada, alentaba su orgullo nacional japonés. Tal vez estaban sencillamente borrachos. Shimamura se rio un poco con ellos, acto seguido, encomió la higiene de aquel mueble. Presentarse de entrada como aguafiestas podía ser útil de cara al futuro, pensó. Pidió disculpas. Quería deshacer las maletas y descansar un rato. Tampoco se dejó sacar de su cuarto más tarde, cuando los estudiantes decidieron ir a un establecimiento llamado Cabaret del Infierno, donde diablos de piedra y de cartón colgaban del techo, y cosas por el estilo. Shimamura permaneció sentado junto a la ventana, comiendo queso genovés y contemplando el bidé, no sin emocionarse.

—Tiempos de respuesta, Luise —dijo Shimamura a la cuba de agua que se había acostumbrado a mirar en vez de observar a la criada en el momento en el que entraba en la habitación—, tiempos de respuesta, conejillos de Indias y ajedrez. Fueron durante mucho mucho tiempo los únicos temas de investigación que detecté en París, y estaba seguro de que no tenían ninguna utilidad para el Japón y que mi beca era un despilfarro irremediable.

La muchacha se sujetó las mangas bajo sus cordeles y empezó a remover el agua con ambas manos. Últimamente lo hacía todas las mañanas. Shimamura suponía que de ese modo quería darle a entender que su agua estaba agradablemente templada y no demasiado caliente, y que podía utilizarse muy bien para lo que Shimamura quisiese.

—Los tiempos de respuesta, Luise, son datos que recoge la psicometría —dijo Shimamura—, el ajedrez es un juego como el *shōgi,* y los conejillos de Indias son ratas estúpidas y rabonas.

Luise se estremeció. Quizá estaba horrorizaba. Quizá el agua estaba helada. Quizá no comprendía. Tal vez llevaba tiempo contagiada de tisis.

—Tampoco es para tanto —dijo Shimamura.

Siete

A sus compatriotas de la Gare du Nord los había encontrado en el acto. Lo que no encontró, durante
días ni semanas, fue la Neurología de París.

Ya la primera mañana, tras una noche de sueño asom-
brosamente copioso, caminó de buen humor hacia la
Sorbona, tal y como le había ordenado el profesor Sakaki. Llevaba en su cartera dos cartas para la Facultad de
Medicina y, bajo el brazo, porque no cabían en la cartera, las xilografías escabrosas de Nagasaki, último recurso
para granjearse las simpatías de los colegas franceses.

La Sorbona parecía una iglesia y un derroche de piedras. A Shimamura le suscitó poco más que una sonrisa. Lo que resultó de veras perturbador, realmente perturbador, y que acabó convirtiéndose en un obstáculo
insuperable fue el idioma francés como tal. Las cartas

de recomendación estaban en alemán, que era la lengua que Shimamura hablaba y que en la Sorbona nadie comprendía. Ni siquiera en la Facultad de Medicina, que encontró después de dar largas vueltas en las que su persona fue objeto de minuciosa contemplación y, sin duda también, de extensa discusión por parte de numerosos caballeros, tanto jóvenes como adultos, nadie comprendía una sola palabra de alemán. El primer día, al que seguirían muchos más, se produjeron chapurreos en latín tan desesperantes para todos los interlocutores, que Shimamura estuvo a punto de tirar su pornografía zorril sobre la mesa y clamar auxilio en japonés. En su lugar, hizo una venia y se marchó.

Adquirió cigarrillos, un plano de la ciudad titulado *París Monumental,* pan y queso. El pan y el queso le sentaron bien, limpiaron su espíritu como si se tratara de una mortificación. Se encaminó a los Jardines de Luxemburgo, fumó, comió y meditó. No recordaba si la falsa creencia de que el alemán fuese el lenguaje universal de la neurología era algo de su cosecha o tenía su origen en el profesor Sakaki. Contempló el grueso y ondulado brocal del surtidor y reflexionó sobre el estado de higiene de toda aquella piedra y acerca de la cuestión de si las canteras que debían de tachonar el territorio de Francia eran seguras, rentables y producto de una planificación estratégica o más bien respondían a la anarquía y, por tanto, constituían el principio del fin. Alguien le dijo «*chinois*», y él replicó «*merci*», pues no conocía otra palabra. Entonces se fue a casa y contrató los servicios de intérprete del señor Sato, el más joven de los dos estudiantes.

Pero ni con la ayuda de Sato pudo encontrar la Neurología. Encontró, eso sí, una clase magistral en la que debían de estar explicando el cerebro a principiantes, lo que se deducía de los diversos cerebros dispuestos en la cabecera de la sala, y encontró también un animado corro de profesores deseosos de conversar sobre el teatro japonés que conocían por la Exposición Universal. Sato, al notar que Shimamura desconfiaba de su francés por momentos, empezó a burlarse de Shimamura por sus errores de planificación y su ignorancia del idioma, así como de la neurología en general. Preguntó, con disimulo, para qué necesitaba el Japón toda esa neurología, y Shimamura, también con disimulo, repuso que la jurisprudencia francesa se encargaría de que la necesitara. Ahora no se entendían ni siquiera Sato y Shimamura. Se fueron por caminos separados de forma poco amistosa.

Después, el doctor Shimamura encontró un laboratorio neurológico donde decapitaban perros y, a continuación, pollos. Finalmente, alguien trajo un saco de conejillos de Indias —fue allí donde Shimamura conoció a ese animal— que también fueron decapitados. Tres gráciles guillotinas, verdaderos prodigios de la mecánica, descansaban en sendas tarimas y efectuaban las decapitaciones. A renglón seguido se procedía al examen de los cuerpos; parecían de interés preliminar el corazón y el nervio vago. El laboratorio no estaba en buenas condiciones; olía mal y reinaba un ambiente lúgubre. Daba la impresión de que había más visitantes que científicos, incluso mujeres, y los hombres llevaban una indumentaria propia de otros tiempos; posiblemente eran poetas, según adivinó Shimamura, los tristemente famosos poetas franceses. No supo determinar por qué se hallaban con sus concubinas en aquel espacio siniestro. Decapitó un conejillo de Indias y, seguidamente, examinó los reflejos de la cabeza y del cuerpo, cosa nada fácil en aquel pequeño animal de abundante pelo. Tampoco supo determinar por qué le dejaban hacer sus investigaciones así sin más, por qué a nadie le llamaba la atención que un oriental que venía de quien sabía dónde se deleitara con la guillotina. De nuevo alguien gritó «¡chinois!», pero no sonaba a reproche. Shimamura contestó «excusez moi». Y añadió «folie». ¿Cuánto se tardaría en aprender esa lengua? ¿Merecía la pena intentarlo? De la pared, justo encima de la guillotina del tamaño de un perro, colgaba la fotografía de un melancólico barbudo enmarcada en calicó. Lucía un crespón de luto. Debía de tratarse del padre fundador de todo aquello. La pared tenía salpicaduras de sangre. También ese día terminó con queso y cavilaciones en los Jardines de Luxemburgo.

El doctor Shimamura se negó a darse por vencido con la Sorbona. Lejos de la sección de decapitaciones, en un edificio por completo separado, descubrió un pabellón con aspecto de no pertenecer a una facultad y de hallarse todavía en obras; parecía estar consagrado a la psicología fisiológica. Tal especialidad parecía nueva; aparentemente, había sido inventada el año anterior en Alemania, razón por la cual los dos investigadores que dirigían aquel laboratorio hablaban un poquito de alemán. Cuando Shimamura entró de rondón —desde que dejaba las cartas y las xilografías en casa, la aparición intrépida y sin reparos era su única estrategia—, fue bien recibido. Al parecer, los psicólogos fisiológicos no tenían empleados; un solo auxiliar de laboratorio merodeaba a ratos por la sala para luego volver a esfumarse durante un tiempo prolongado. Así que los investigadores aceptaban cualquier cosa que aparecía, aunque fuese un neurólogo japonés.

Los dos psicólogos fisiológicos —Shimamura repitió el trabalenguas todas las veces que fue necesario para que brotara de sus labios con elegancia— tenían barba y quevedos y aguantaban el tipo, a pesar de sus salas vacías, tristes y, en parte, aún carentes de enlucido. Se llamaban doctor Beaunis y doctor Bidet. Shimamura tomó nota con gesto férreo. Después se encerró en el lavabo y se abandonó a un ataque de risa que rayaba en la histeria. Estuvo a punto de vomitar. Luego lo invadió la emoción, la compasión y el respeto por el hombre que, en Francia, se paseaba por la vida con ese apellido. Debía de ser un apellido corriente. Quizá se trataba de una vieja familia de médicos, uno de cuyos retoños se había entregado a la higiene rectal y otro, a la psicología fisiológica. Durante un lapso desproporcionadamente largo y bajo la continua amenaza de una risa gorgoteante y que le llevaba a las lágrimas, el doctor Shimamura dio vueltas y vueltas al nombre del doctor Bidet, tratando al mismo tiempo de hacerse útil en su laboratorio.

Allí se medían tiempos de respuesta. Eran, como su nombre indicaba, los tiempos que transcurrían hasta que uno respondía a un determinado estímulo. A fin de poder ir perfeccionando la técnica de medición y la evaluación de datos, se seguía una sencilla pauta de estímulos y respuestas: el estímulo era, por ejemplo, una bolita que, previa orden, caía en el interior de un tubo, y la respuesta consistía en pulsar un botón. Había un sinnúmero de aparatitos generadores de estímulos y registradores de respuestas. Algunos parecían telégrafos; otros, gramófonos; otros, pequeños pianos. Aquellos que escupían bolitas tenían forma de guillotinas; Shimamura casi tuvo que volver al retrete para soltar la carcajada.

Los doctores Beaunis y Bidet, mediante diez aparatos y tras cincuenta pruebas, midieron todos los tiempos de respuesta de Shimamura Shunichi. Recibió su propia ficha, a la que se le había añadido una casilla donde se consignó su origen japonés. Sin embargo, según el doctor Beaunis, los tiempos de respuesta de Shimamura eran absolutamente inservibles mientras no se midieran los de otros veinte japoneses o, como mínimo, asiáticos, a no ser que volviera a borrarse la casilla que dejaba constancia de su procedencia geográfica. Después de haberle causado, de esta manera, mala conciencia, Beaunis animó a Shimamura a reclutar sujetos de prueba para contribuir cuando menos al éxito global del proyecto. Simplemente lo mandó a los pasillos de la Sorbona. Cualquiera valía, dijo Beaunis, y Bidet asintió. Apuntaron para su invitado una frase en francés destinada a atraer sujetos, y lo encomendaron a su suerte.

Así pues, Shimamura Shunichi recorrió la Sorbona durante tres días promoviendo la psicología fisiológica. Tuvo un éxito inmenso. Todo aquel al que abordaba lo seguía. Las personas se le arracimaban, fuesen estudiantes, miembros del cuerpo docente o personal de servicio. Llegó a haber tanta gente apretujada en el laboratorio de los doctores Beaunis y Bidet para hacerse medir sus tiempos de respuesta, que el taquistoscopio perdió su calibrado y el kimógrafo, uno de sus pies. Fue necesario instruir a algunos sujetos como auxiliares de medición para dar abasto ante el aluvión de interesados. Gracias a Shimamura, en tres días se recogieron más datos que los que sin él seguramente habrían reunido en un año. Ya lo acechaban en los pasillos cuando aparecía con su frase en francés. Beaunis y Bidet lo invitaron a cenar en un establecimiento bonito. A la mañana siguiente despertó con la sensación de haber sido ofendido. Se creía un charlatán y dudó de la relevancia de los tiempos de respuesta. ¿Qué pintaba un neurólogo? ¿De qué le servían al Japón las caídas de bolitas visionadas por personas sanas? A más inri, resultó que el doctor Bidet en realidad se llamaba Binet. Quizá los quevedos le apretaban demasiado y obstruían su nariz al hablar. Fue sobre todo por este error auditivo —que en el váter de la Sorbona por poco había desatado a la bestia que llevaba dentro— que Shimamura Shunichi se ofendió hasta tal punto que redactó una carta de renuncia formal, la hizo traducir al francés por el señor Sato y, después, la hizo remitir al laboratorio de psicología fisiológica. La carta venía a decir que la comisión de becas de la corte del Japón no gastaba dinero en semejante especialidad.

De ahí en adelante, el doctor Shimamura se dedicó a oír lecciones de Medicina. Solo las escuchaba, puesto que no las entendía; además, se suponía que él ya lo sabía todo, había dejado de ser un estudiante hacía un tiempo. Elaboró un memorando general sobre la organización de la Medicina en la Sorbona, memorando que tomó una deriva filosófica.

No pasaba sus ratos de ocio con los estudiantes de Derecho. Sus compañeros de vivienda conocían a un sinfín de otros estudiantes de Derecho, con los cuales mataban el tiempo entre borracheras en el Cabaret del Infierno y en un establecimiento donde, al parecer, había salsa de soja. La jurisprudencia del nuevo Japón había de moldearse según el modelo francés, de ahí que fueran ante todo juristas los que salían como enjambres del país. Volvían sus caras al paso de las muchachas, formulaban teorías sobre las de su sexo y difundían chismorreos sobre Tokio que les llegaban por carta de forma incesante. Uno de ellos gustaba de recitar poemas que, a su vez, enviaba a Tokio, y que entonaban alabanzas a acontecimientos que allí tenían lugar, verbigracia, el nacimiento de un hijo varón de su director de tesis. Shimamura consideró que tampoco era esa la compañía con la que le había ordenado estar la comisión de becas.

En los Jardines de Luxemburgo, con pan y queso y cada vez más ávido de tofu desde que oyera lo de la salsa de soja, estudiaba artículos que le habían dado Beaunis y su colega, y que trataban de las estrategias mnemotécnicas de los jugadores de ajedrez a la ciega. Se basaban en correspondencias epistolares entre psicólogos y célebres jugadores de esa modalidad, así como en ensayos de laboratorio en los que maestros del ajedrez, absortos en partidas simultáneas, informaban de manera constante sobre cómo las jugadas realizadas estaban memorizadas en sus cerebros. Los artículos eran de difícil comprensión. Sus conclusiones venían redactadas en tono grave y a Shimamura, que no sabía jugar al ajedrez, a duras penas le resultaban inteligibles. Los jugadores de ajedrez a la ciega retenían en su mente imágenes de tableros que en realidad nunca habían visto y que complementaban con expresiones como «gambito de alfil». Cada vez más nervioso y alucinando que tenía tofu en la lengua, Shimamura estudiaba aquellos artículos y hacía esfuerzos por disuadirse a sí mismo de tomarlos metafóricamente, como afrenta personal, como insulto a su propio juego enrevesado. Guardó en su cartera el hatillo con los juguetes de la hija del pescadero y se paseó con él por todas partes.

Deambulaba mucho por los grandes bulevares y no tenía a deshonra desplegar el *París Monumental* ante la nariz. Iba siempre a pie. Caminaba hasta la Torre Eiffel, atravesaba el Sena y recorría de forma sistemática los rayos del astro que convergían en la plaza de la Estrella. Con todo su esplendor, París era un panóptico perfecto. Poco a poco empezó a despilfarrar dinero en probar todas las atracciones, en parte por interés, en parte por sentido del deber y a veces para castigarse a sí mismo. Visitó el Museo de Cera, la Laterna Mágica, el Diorama, el Panorama, el kinetógrafo y la morgue para los cadáveres de los ahogados. Un día, entró en una juguetería y compró una locomotora, una peonza astronómica, dados con letras en una caja con dibujos de más letras, un arca de Noé con puñados de animales sueltos. Lo embutió todo en su cartera. Después se tomó un café y un licor de menta y regresó al Diorama, porque su billete de entrada seguía teniendo validez. Se detuvo largo rato frente a una escabechina inspirada en una escena de Émile Zola, de iluminación compleja y con una sucesión de planos transparentes.

Los bulevares hervían de damas con perros. Las mujeres montaban escándalo, enseñaban los dientes y las encías, daban zancadas militares con vestidos que les marcaban las nalgas. Sus perros eran exiguos, esponjosos y, por lo general, blancos. Se llamaban *Toutous*. Las mujeres los arrastraban con correas, los apretaban contra los pechos, los sostenían con manos enguantadas, sujetándolos bajo los brazos o en la sangría del codo, o llevándolos embozados en bufandas como a recién nacidos. Algunos *Toutous* lucían joyas; otros, uniforme. Y, según le parecía al doctor Shimamura, cada *Toutou* y cada mujer querían trabar conversación con él.

Aparte de las lengüecillas rosadas de los *Toutous,* que le daban lametazos donde lo pillaran y que aún décadas después se le aparecían en sueños, ciertos aspectos de esta parte de su estancia parisina quedarían cubiertos por un tupido velo en su memoria.

Despedía Shimamura Shunichi un magnetismo especial. La barrera del idioma, al parecer, él simplemente la rodeaba. Todo se iniciaba con *chinois* y *merci,* después las posibles reverberaciones no tenían fin. En algún momento del pasado, el doctor había acostumbrado su boca al alemán, por tanto, también era capaz de reproducir el francés. Repetía las palabras, les añadía un *oui* o *non* aleatorios, se defendía con una sonrisa de los perritos que se descoyuntaban el cuello para alcanzarlo, abrazaban sus piernas o saltaban sobre su cartera si se los dejaba; el tiempo parecía detenerse una y otra vez cuando una mujer se sumergía en una conversación con Shimamura Shunichi. Fuese en el Diorama o junto a los cadáveres de los ahogados, ante el licor de menta o en la exhibición de onagros en la feria de atracciones del lado opuesto del Sena, o ya fuese unidos bajo un aguacero y con un solo paraguas, el mundo siempre se paraba para esa o aquella mujer parisina y para el neurólogo del Lejano Oriente. Conversaban sobre algo que no precisaba del francés ni tampoco del japonés, según comprendió

Shimamura. Y cuando los *Toutous* se soltaban y trepaban hacia su abrazo para lametearlo a placer, le susurraban al oído cosas que, en su interior, alguien comprendía por él. El cuello de Shimamura palpitaba. La fiebre subía y bajaba, aumentaba y descendía. La memoria miraba de forma convulsiva hacia atrás para no tener que registrar el presente. Recordaba la palabra *vasija*. Luego se acordaba del artículo sobre las consecuencias de la abstención sexual y se aferraba a este con todas sus fuerzas.

Por fin, se lo acabó llevando una rubia hermosa y carnosa de tez linfática. Su *Toutou,* un bulto tirando a amarillo, los precedía correteando con la correa tensa. Shimamura se encontró en una casa de piedra con escaleras largas y curvadas, luego en una habitación oscura llena de helechos y de telas, una cantidad inmensa de cálidas telas. Aún trataba de determinar el lugar —¿era un prostíbulo, el salón de alguien rico, la guardarropía de un teatro, un almacén de muebles?—, pero al final desistió. Sobre una otomana de caoba y con dedos de médico, Shimamura desprendió a la rubia de su corpiño. «¡¿Cómo te atreves!?», dijo su cerebro antes de plegar velas. Hubo impetuosidad, un forcejeo felino, drástico, nada bonito. Ya fuese una lucha o un diálogo... Hubo lágrimas. La piel de la rubia presentaba ronchas de un rojo subido, como si las zarpas de un oso la hubiesen tocado reiteradas veces. «Dermografismo», dictaminó el cerebro de Shimamura, que volvió a hacer acto de presencia, avergonzándose durante un breve instante antes de desaparecer nuevo. Entonces todo volvió a empezar desde el principio. Se rompió la patilla de una gafa, y esta vez, al estallar el llanto, ya nadie sabía quién lloraba.

El *Toutou* hacía de espectador. Quieto y con las patitas delanteras colocadas debidamente en paralelo, miraba con su cara diminuta y amarillenta. Terminada la faena, la separación fue brusca y sin mediar ningún adiós.

Al atardecer de aquel día, tras llevar sus gafas a un óptico que se las arregló de inmediato, a Shimamura Shunichi se le ocurrió la idea de subir a un tranvía. Empalmó un tren con otro y volvió a atravesar el Sena. Luego hizo otro trasbordo. Siguiendo las estelas de mujeres y perritos y reprimiendo sus propias alucinaciones, el doctor viajó en numerosos tranvías: St. Michel, Port Royal, St. Marcel. Después se apeó y encontró una espléndida construcción de piedra con una torre encima. Era el Hospital de la Salpêtrière, un manicomio de mujeres con cinco mil camas. En Tokio no había pasado día sin que el profesor Sakaki pronunciara ese nombre.

Ocho

—En nuestra casa, todos nos hemos acostumbrado a esconder cosas, por lo general bajo el suelo, y todos sabemos dónde están las cosas de los demás y las tocamos a escondidas —dijo Shimamura Sachiko.

Estaba sentada en la veranda oeste con su madre y su suegra. Como hacía demasiado calor para principios de marzo, había gaseosa, una de «fresa» y dos de la «original». Sachiko, Hanako y Yukiko habían ejecutado la respectiva ceremonia —hundir el tapón con un certero golpe, liberando de este modo el abalorio para que a cada trago bailara en el cuello de la botella— y ahora bebían gaseosa a morro, como las muchachas.

—En el fondo no tiene sentido molestarse en esconder las cosas —prosiguió Sachiko—, al menos para nosotras, puesto que para Shimamura el hábito está demasiado arraigado.

—Yo, de todas formas, ya no encuentro nada de nada —constató Yukiko.

Todas rieron. Todas bebieron. Tintinearon tres abalorios.

—¡Qué sonido más bonito! ¡Como a verano!

—¡Hay que ver!

—¡Hay que ver!

Afuera, junto al tendedero, donde colgaba la ropa de cama, Sei entonaba su canción de «Uji y Kei». Sachiko le había prohibido el canto, pero después había cambiado de idea y le recomendó que cantara siempre que le viniera en gana. Shimamura Sachiko, la persona más paciente del mundo, en los últimos tiempos se había vuelto un poco impaciente y, por tanto, voluble. El soplo de la voz de Sei llegaba con deje dulce y algo siniestro a la vez. Solo se sabía una canción.

—Suegra —dijo Sachiko sonriendo—, recientemente, en la biografía de Shimamura, usted ha escrito que la canción de «Uji y Kei» marcó su infancia. Luego, mientras usted se encontraba en la habitación sur leyendo su novela, Shimamura sacó las hojas de debajo del suelo de la habitación norte, y ahora cree que «Uji y Kei» marcaron su infancia. Cuando tal canción no existe.

—Todo esto me resulta demasiado complicado… —constató Yukiko—. ¿Me disculpan, por favor?

—¿Cómo sabes lo que cree él? —preguntó Hanako.

—Con lo poco que le gusta abandonar la habitación, no andaría sacando sus hojas de debajo del suelo si no buscara información en ellas.

—¿Me disculpan, por favor? —insistió Yukiko.

—Cada comienzo de invierno, tú renuevas puntualmente los juguetes de la muchacha aquejada de zorro que él esconde detrás del Charcot —dijo Hanako a Sachiko con voz mansa—. Llevas años haciéndolo. Compras juguetes nuevos, te afanas por estropearlos y ensuciarlos y después los metes en su estantería. En realidad, eso debería volverlo loco. Porque difícilmente puede adivinarlo. ¡Qué experimento tan extraño!

—Claro, mamá, está usted disculpada —dijo Sachiko a Yukiko—. Váyase a echar una siestecita.

Yukiko suspiró. Hizo tintinear su abalorio sin llegar a beber. Ahora tenía que permanecer sentada, aunque el tormento durase horas, pues no quería exponerse a la deshonra de una siestecita.

—Mientras esté loco, conservará la voluntad de vivir —dijo Sachiko—. Usted debería saberlo mejor que nadie, suegra. No para de reescribir su biografía porque sabe que él no para de leerla. Nadie se sometería a tanto esfuerzo, y menos alguien que tiene dificultades para escribir. Además, es interesante, ¿verdad? Es interesante desde el punto de vista de la medicina.

—No soy médico —dijo Hanako.

—En cierto modo todos somos médicos. Ser médico es contagioso.

—Lo somos sin estar llamadas a serlo. —Yukiko se frotó las manos—. Alabada sea la luz eterna.

—¿Cuánto tarda en darse cuenta de que los juguetes no cuadran? —preguntó Hanako—. No es que me interese.

—Como no lo estoy observando… —dijo Sachiko.

—Siempre alternando, metes en el hatillo un monito y una princesita, ¿no es cierto?

—Monito, princesita, ranita —dijo Sachiko—. El resto lo sustituyo uno por uno. Y cada dos años añado un molinete.

—Qué complicado —terció Yukiko con voz aflautada. De pronto, parecía divertirse con el asunto. Sachiko, Hanako y Yukiko a menudo se pasaban horas y días enteros manteniendo conversaciones de esta índole, que no desembocaban en nada y que nadie comprendía. No había nada mejor para pasar el rato.

Sachiko y Hanako reflexionaron en silencio sobre cómo, sin ser molestas, podían capturar la intensidad y el desarrollo de la respuesta de Shimamura ante los juguetes cambiados. El hecho de que salvo él nadie supiera que detrás del Charcot había juguetes ocultos complicaba el asunto. Nadie quería espiar permanentemente por una mirilla. Además, ¿cómo se iba a practicar una mirilla en una puerta de semejante grosor? ¿Y quién podía mirar dentro de la cabeza de Shimamura, quién iba a querer hacer semejante cosa?

—*Diegedankensindfrei*[3] —dijo Sachiko. Otra palabra que ciertamente no daría para llegar lejos como turista en Alemania.

—Tontita —dijo Hanako. Las dos menearon la cabeza con suavidad. Entretanto, Yukiko había sacado de su manga por ensalmo una bolsa de chucherías en forma de granizo, que se iba comiendo una a una sin ofrecer a las demás.

—Bajo el suelo de la habitación sur están escondidos tus papeles sobre el tema de la herencia —dijo Hanako a Sachiko—. Dentro del manual de farmacología de tu suegro.

—Así es. Y usted los estudia en secreto.

Hanako y Sachiko se rieron. Yukiko introdujo un granizo en el único lugar de su boca donde quedaban molares opuestos, y produjo con ellos un chasquido. Después exclamó:

—¡Yo lo escondo todo en el oeste! Aquí mismo. —Y golpeó las tablas de la veranda directamente a sus espaldas.

—Dinero, papelitos del templo y escopolamina —dijo Hanako—. Los miramos todos los días, señora cuñada.

Entonces rieron las tres.

—¿Quién esconderá sus cosas en el Este? —preguntó Hanako.

—¿Sei?

3. «Los pensamientos son libres», título de una famosa canción alemana.

Todas rieron. Todas la llamaron «la pobre Sei» en ese momento. Luego permanecieron un rato inmóviles y en silencio, disfrutando de la brisa y de la canción que esta había atraído. Luego Sachiko ofreció otra ronda de gaseosa y puso en marcha una nueva y larga conversación.

Nueve

Jean-Martin Charcot, que reinaba sobre el manicomio de mujeres de la Salpêtrière, era el neurólogo más famoso del mundo y también sin duda el hombre más famoso de París, pues su gloria no conocía fronteras. Tenía aspecto de emperador romano, hablaba diez idiomas, entre ellos el alemán, y con gentil sonrisa recibió de Shimamura todas las xilografías de Nagasaki apenas las hubo sacado de la carpeta. Engalanarían el ya planeado segundo volumen de su libro *Les démoniaques dans l'art,* afirmó, obra que incluso a los desconocedores de la materia les demostraba que la locura femenina y la llamada obsesión eran tanto histórica como geográficamente universales. Acto seguido, se apresuró a cambiar de tema.

El doctor Shimamura ignoraba el motivo por el cual, apenas unos días después de haber descubierto por fin el manicomio de Charcot, se encontraba sentado a la mesa, en casa de este, como si fuese un amigo de la familia. Recordaba vagamente que, nada más pisar la Salpêtrière, se había visto rodeado por el zumbido de todo un enjambre de pacientes femeninas, y que ese enjambre enseguida lo había transportado hasta Charcot, cual abeja reina en medio de sus obreras.

Alrededor de Charcot zumbaban sus ayudantes. El profesor estaba muy ocupado, ya que en cada cama a la que se acercaba en la visita vespertina se manifestaba al momento una enfermedad nerviosa. Las pacientes que escoltaron a Shimamura también manifestaron algo de golpe en cuanto divisaron a Charcot. Lo que se produjo fue una gran algarabía. En medio de aquel griterío, entre cabellos flameados y camisones revoloteantes, Charcot vislumbró a Shimamura. Y algo sucedió. Saltó la chispa.

(Más tarde, en las numerosas versiones de sus memorias, que siempre escribía en alemán para que Sachiko no pudiera leerlas, tuvo que reemplazar este acertado giro por «nació una simpatía», aunque este último no daba cuenta de lo ocurrido. Habían sido demasiadas las veces que Shimamura se había sorprendido equivocándose al escribir la frase «Saltó el zorro», en vez de «Saltó la chispa», así que decidió darse por vencido con el término.)

Fuera lo que fuese lo que sucedió cuando Charcot vio a Shimamura y Shimamura a Charcot, el caso es que aquello duró. El arca de la neurología se abrió y el becario se halló sentado en el palacete urbano de Charcot, en el bulevar de Saint-Germain, hurgando con el tenedor un grèvol a la trufa y conversando, en particular con el señor de la casa, acerca de la dignidad elemental del teatro *Nō*, el cual había impresionado al profesor en la Exposición Universal. Las xilografías ya habían desaparecido.

Mucho antes de que comprendiera la Salpêtrière, Shimamura entendió una cosa: el profesor Charcot era un gran amante de los animales. Había fijado un cartel en el pórtico de su clínica donde decía «No experimentamos con perros». Aborrecía el laboratorio de las decapitaciones de la Sorbona. Hasta los conejillos de Indias le daban pena. Poseía un monito doméstico que respondía al nombre de Rosalie y gozaba de todas las libertades. Se detenía junto a los caballos de los carruajes para infundirles ánimo. Y ante las xilografías de Shimamura de repente soltó una larga andanada contra los horrores de la caza del zorro, sin fijarse un solo instante en que su dedo índice descansaba sobre unos genitales animaloides que salían descorporeizados de entre los pliegues de un kimono. Shimamura tuvo que tragarse la risa. Luego sintió conmoción. Después, hambre. Seguidamente, dolor de cabeza. A continuación, empezó a sentir escalofríos. Respiró hondo. Aún veía con desagrado a los zorros.

Incluso tiempo después de saber que el nombre provenía de una antigua fábrica de pólvora, «Salpêtrière» seguía escandalizándolo. Temía que cada mención de la palabra provocase irremediablemente en las internas la idea de algo explosivo, lo que no podía ser beneficioso para ellas. Tras la primera noche, que de todas formas recordaría mal, no volvió a ver cabellos ni camisones. Al contrario, las pacientes estaban encorsetadas y vestidas con decoro, se las alejaba de las camas durante el día, espoleándolas al desempeño de trabajos y ejercicios físicos, y comían en mesas corridas dispuestas en salas pétreas con un supuesto aspecto de convento. A primera vista, producían una sensación sorprendentemente saludable. En Tokio, y sin hablar de Matsue, los locos estaban mucho más enajenados. Además, la frecuencia de visitas allí era mayor. En Paris, en cambio, ninguna paciente se lamentaba junto a lechos revueltos, ninguna tía, hermana, madre o abuela rezaba, fumaba o traía comida. Shimamura todavía meditaba sobre el porqué de esa diferencia cuando supo que todas las mujeres a las que se aislaba y examinaba en la Salpêtrière no sufrían de nada más que de histeria. Tuvo que oírlo varias veces hasta dar crédito. La histeria constituía el fundamento de la doctrina y la gloria de Charcot. Él había redefinido la histeria, sacándola del plano secundario de la ginecología para elevarla al eje principal de la neurología, y liberándola de la sospecha de ser mera excusa de un médico zafio o de una mala paciente. La Salpêtrière, al menos su parte visible —pues bien existían secciones recónditas en las que se custodiaba a dementes, a catatónicos y a sujetos con calamidades hereditarias de toda índole a los que no se prestaba mucha atención facultativa—, era el paraíso de la histeria. Así lo dijo y repitió el doctor Tourette. Incluso lo llamó «jardincito de Edén». Uno solo podía sentir extrañeza.

—Yo, por mi parte, he diagnosticado la histeria una sola vez —dijo el doctor Shimamura cuando comieron juntos sus bocadillos en el patio interior, frase que brotó de sus labios con tal gravedad sepulcral que dejó sin palabras al doctor Tourette—. Es un diagnóstico difícil —añadió con premura—, y soy un médico joven, inexperto.

El doctor Tourette ofrecía su cara al sol. Luego dijo:

—Sí, sí, etcétera…

Tourette y Babinski, los ayudantes de Charcot, se ocupaban de Shimamura cuando el profesor no tenía tiempo para él, lo que al principio solía ser la regla. El doctor Tourette había investigado dolencias anímicas en el Ejército alemán; el doctor Babinski era polaco. Por estas razones —arguyó Charcot— ambos deberían dominar el idioma germano o, de no ser así, avergonzarse. Luego, Charcot dejó que su monito, que lo acompañaba al trabajo a menudo, se posara en el hombro de Tourette y rio profusamente la gracia. Tourette y Babinski secundaron la risa, al fin y al cabo Charcot era su maestro. A Tourette le salió lamentable; a Babinski, con tono jovial. Tourette era greñudo, torcido y corto; Babinski se mantenía derecho como un militar. Tourette desde hacía años se aferraba a un invento privado, una variedad rebuscadamente abominable del tic neuropsiquiátrico; Babinski caminaba satisfecho tras las anchas huellas de Charcot. Todas las pacientes odiaban a Tourette, todas adoraban a Babinski. Shimamura, anegado de compasión, trató de amar a Tourette, pero no lo consiguió. En una de las raras cartas que envió a casa apuntó el nombre completo de este, Georges Albert Édouard Brutus Gilles de la Tourette, y a renglón seguido describió el tic al que este se aferraba y que, en efecto, no era una patología gloriosa.

La lengua alemana no fluía con facilidad ni en Tourette ni en Babinski.

Cada día, Shimamura asistía como observador a la consulta en la gran sala de exámenes médicos donde Charcot recibía docenas de casos. Siempre corría su silla hasta un poco por detrás de alguno de los ayudantes, por lo general, el doctor Babinski, quien parecía ser el escudo más propicio, pues deseaba alejarse al máximo de las pacientes. Se las llamaba y presentaba una tras otra. Las enfermeras las despojaban de parte de su ropa para descubrir las zonas histerogenas, que, al parecer, cubrían el cuerpo humano casi por completo y estaban pendientes de sistematización. Los allí reunidos contemplaban dichas zonas y algún ayudante las manipulaba, perforando, por ejemplo, el brazo o la piel de la nuca con una aguja que salía por el lado opuesto sin que las pacientes sintieran nada. Otras, en cambio, sufrían espasmos o incluso parálisis en cuanto se les tocaba el vientre, el omóplato o un dedo, aunque solo fuese con una pluma. Algunos ayudantes pintaban rayas y círculos con lápices de cera sobre las pacientes para marcar las respectivas zonas, mientras los demás copiaban esas rayas y círculos en sus libretas y les añadían algún apunte. Charcot, sentado muy al fondo, incluso detrás de Shimamura, en un sillón ancho un tanto elevado, dirigía aquel escenario. Rara vez abandonaba su sitio para intervenir con su propia mano. En una ocasión en la que cogió a una joven por la barbilla, esta su puso rígida y dio la impresión de desmayarse, luego hizo un amago de gritar, y casi se cayó de rodillas, pero llegó a besarle las manos, gesto que Shimamura consideró repugnante. Si en Tokio una mujer hiciera eso —pensó—, la mandarían a casa por histérica. Aquí, dado el gran interés, debía de tratarse de algo distinto. Tras muchos días de observación, Shimamura lo sabía todo sobre la anatomía de la ropa francesa y nada acerca de la histeria charcotiana. Se quejó de ello con Tourette y Babinski, pero ninguno de los dos le entendió, ya fuese por la cortesía de Shimamura o por la lengua alemana. Entonces, en el pasillo, abordó al propio Charcot. Se precipitó hacia él, evitando con un quiebro al doctor Binet, quien por desgracia también frecuentaba la Salpêtrière en los momentos en los que no medía tiempos de respuesta en la Sorbona, retuvo a Charcot por el codo y dijo «amigo mío» antes de expresar su descontento. Una vez desaparecidas las xilografías, tenía que jugar la carta oriental con torpezas de comportamiento que, según confiaba, fuesen susceptibles de conmover al que las recibiese.

Al profesor Charcot las torpezas de comportamiento lo conmovían sobremanera. Shimamura apenas tuvo que esperar una hora hasta que aquel hombre lo condujo en persona a la sección de servicios fotográficos a fin de poder explicarle mejor la histeria.

Se trataba de un magnífico taller de fotografía con todos los laboratorios y cuartos oscuros pertinentes, ubicado en una torrecilla a la que se había dotado de una cúpula de cristal y de ventanales enormes. Contaba con varias escenografías preparadas: una cama de hospital con rejas barnizadas de negro y abundante ropa de cama; un sillón, tapado igualmente con una tela blanca, sobre una tarima; un escabel, encima de una segunda tarima, que con un colchón y una pila de almohadas configuraba un paisaje ondulado. Por todas partes había sábanas hábilmente dispuestas y sujetas con alfileres como si estuviesen drapeadas y semejando segundos planos. Instalados sobre trípodes, los más diversos aparatos esperaban a entrar en funcionamiento: cámaras corrientes de la más preciada categoría, cámaras estereoscópicas, una cámara con doce objetivos y disparador instantáneo. La luz inundaba el espacio desde arriba y por los lados. «La luz de la razón», pensó Shimamura, y lo acometió el horror seguido de la rabia. «¡Oh!, ¡oh!», gritaba el estudiante, feliz con todas aquellas cámaras fabulosas. Shimamura lo veía volcarse sobre el acantilado y, despacio, caer en barrena a las honduras, con su faja blanca y su blanco trasero. «¡Oh!, ¡señor doctor!» Shimamura quiso taparse los oídos. Pero aquello no venía del exterior. «¡Oh!, ¡oooh!» Shimamura lamentó la imposibilidad de taparse el cerebro. En su lugar, se tapó la boca para que no saliera nada equivocado por la misma.

—En este taller lo registramos todo exactamente tal y como sucede para que no sea tomado por aleatorio.

—¿Me daría usted permiso para...? —Shimamura carraspeó—. ¿Me daría usted permiso para quedarme un ratito aquí y tomar notas, puesto que el Japón está todavía muy en pañales en materia técnica?

De pronto, ya no quería que se le explicara la histeria. Pero Charcot no le hizo caso. Ahuyentó a algunas personas —una enfermera, una paciente semidesnuda a la que, tras las tomas fotográficas y, al parecer, contra su voluntad, estaban embutiendo de nuevo en la ropa del hospital, y al doctor Bourneville, con una bandeja riñonera llena de negativos— y lo sentó en el sillón tapado de blanco sobre la tarima tapada del mismo color. Acto seguido, extrajo una carpeta de un armario de archivadores y se la puso en las rodillas.

—*Voilà* —dijo Charcot—. Usted, como amante del arte que es... —En lo sucesivo, ayudándose de las fotografías, intentó explicar la *grande hystérie* a su huésped japonés.

Esta se caracterizaba por dividirse en cuatro períodos siempre idénticos. Un drama en cuatro actos, una sinfonía de cuatro movimientos, eso era la *grande hystérie* de Charcot. Él lo subrayó una y otra vez con alegorías varias, mientras iba pasando deprisa las hojas con las etapas prodrómicas, perfectamente retratadas, pero aún poco características, de una serie de pacientes.

El primer período se llamaba epileptoide. Lo representaban cinco mujeres. Shimamura reconoció todas las escenografías: la cama con la reja negra, siempre colocada primorosamente; el escabel con el paisaje de los colchones; la silla en la que estaba sentado. Delante de estos elementos escénicos, cinco cuerpos flexibles ejecutaban de múltiples maneras aquello que se suponía que estaban haciendo. Shimamura se negaba a juzgar si epileptoide era el término acertado. Tetania. Contracciones. Muecas. Hipersalivación. Estiramientos, volteretas, agarres, rotaciones, convulsiones. Ninguna toma estaba distorsionada. Shimamura pasó cinco veces la hoja y vio cinco veces un ejemplo perfecto de lo que era un arco de histeria: el cuerpo encorvado hacia atrás, sostenido solo por la cabeza y los pies, las manos contorsionadas como si fueran patitas y la pelvis empujando hacia arriba.

—Nuestro famoso arco de histeria —comentó Charcot, interrumpiendo por un instante sus explicaciones para que dicho arco surtiera su efecto. Los drapeados siempre proyectaban sus sombras tenues y bonitas, los pechos siempre estaban a punto de quedar al descubierto, las cinco mujeres siempre se arqueaban hacia atrás, como gimnastas de feria o peces debatiéndose fuera del agua, sobre almohadas, mantas, rejas de cama, animadas por curiosas fuerzas.

—Paroxismo —dijo Shimamura. La palabra le salió chafada y con un acento japonés que causaba auténtico horror, incluso salió acompañada de un pequeño resoplido. Volvió a carraspear. Charcot le lanzó una mirada reprobadora, como se la suele dirigir a alguien que tose en la ópera—. Enhorabuena —añadió sin sentido Shimamura.

—El segundo período lo llamamos *clownismo*. El período de las Monerías —explicó Charcot. Sacó su reloj del bolsillo del chaleco y dejó que sonara—. Pase la hoja. —Shimamura así lo hizo. Hojeó diez o veinte monerías, todas distaban de resultar monas. A primera vista, tampoco parecían responder a regla alguna. Charcot explicaba cada vez más deprisa. Shimamura, obediente, hojeaba cada vez más rápido. El período de las Monerías ya daba paso al de los Grandes Movimientos y, después, con brío, al período de las Actitudes Apasionadas. En este se había utilizado el decorado del escabel, el colchón y las almohadas. Aquel oleaje blanco era idóneo para los revolcones, arrodillamientos y arrastramientos. Para acelerar la clase particular, Charcot empezó a animar sus explicaciones con gestos, y al poco estaba efectuando un vivo bailoteo entre las sábanas blancas que rodeaban el sillón de Shimamura. Hacía remedos, soltaba risitas, suplicaba y seducía en sintonía con las mujeres retratadas, se mesaba una cabellera invisible, echaba los brazos al aire y quedaba petrificado como en un crucifijo—. ¡En el período tercero, cada contorsión encarna una sensación, una idea! —exclamó—. ¡La burla! ¡El enfado! ¡El amor! ¡El éxtasis! ¡La religión! Siguiendo un orden ilógico. —Shimamura pasaba la hoja. Ahora los corpiños estaban abiertos, las lenguas fuera. Charcot transpiraba. Usaba cada vez más el francés. *«Passions! Passions!»* Hacía asomar la lengua por la comisura izquierda al tiempo que guiñaba el ojo, formaba una pirámide con ambas manos, las movía hacia arriba y hacia abajo delante del vientre y, según parecía, rezaba el Padrenuestro. Luego agarró una almohada e imitó con ella el «amor». Shimamura se descoyuntaba en su sillón blanco para no perder detalle—. *Tournez!* —exclamó Charcot. Shimamura pasó la hoja. En su cerebro se mezclaban toda suerte de voces: las de las muchachas fotografiadas, la de Charcot, la suya gritando tacos, la del emperador, una voz sonora y solemne que decía «Shimamura, eso no nos hace falta». Luego, la del estudiante. Y la de la hija del pescadero. ¿Cómo se llamaba?—. *Paroxysme* —dijo Charcot—. *Phase terminale.* —Crispó las manos a modo de garras, después, se relajó.

El doctor Shimamura volvió la mirada. El doctor Bourneville se había unido a los presentes. Lo mismo había hecho un ayudante de laboratorio. La enfermera y su paciente que, desceñida y con las trenzas sueltas, seguía correteando como una bala, también habían regresado y daban vueltas alrededor de la tarima blanca. Al ver que Shimamura no pasaba las hojas, el profesor Charcot adoptó poses ulteriores del período terminal para poner fin a la exhibición. Se olfateaba los dedos e intentaba atrapar objetos invisibles. *«Délire.»* Shimamura volvió a hojear. Las cinco pacientes se habían dejado caer en el sillón blanco que él ocupaba. Tres de ellas habían perdido los corpiños. Charcot recreaba también ese detalle, acertase o no en el intento. Ronroneaba, ahora en voz baja, bocaditos en francés. La enfermera tiraba de la paciente hacia la parte trasera de un biombo. La cámara estereoscópica tambaleaba. El doctor Bourneville manejaba una agenda. Otros tres ayudantes, entre ellos Binet, habían ido entrando en la sección de servicios fotográficos y, enseguida, habían buscado un sitio donde sentarse a fin de poder admirar tranquilamente a Charcot en su representación de la *grande hystérie*. El profesor cazaba una última mariposa. La paciente detrás del biombo, por su parte, parecía querer caer directamente en el estado del *clownismo*, realizando desaforadas sombras chinescas, algo por completo contrario a la norma. Todas las pacientes de las fotografías habían sufrido un colapso. Los dedos de Shimamura estaban pegados a la última fotografía. Charcot resollaba, un discreto estridor espiratorio. Levantó una vez más los brazos, luego los bajó despacio y por fin se quedó quieto.

—Basta por hoy —dijo. Depositó la mano en el hombro de Shimamura, quien entonces se dio cuenta de que estaba temblando. Rodeándolo con el brazo, Charcot cerró la carpeta, la cogió de las rodillas de Shimamura y la anudó con cariño.

—La mentira… —empezó Shimamura.

La enfermera acabó sacando a la paciente tirando de ella. Bourneville se llevó a los ayudantes al cuarto oscuro, mientras Binet y sus dos colegas se ponían de pie para deslizarse hacia fuera. Había comenzado a llover;

una lluvia opaca tamborileaba en los cristales, sobre aquel vidrio claro.

—La mentira… —repitió Shimamura.

Charcot devolvió la carpeta al armario de los archivadores.

—La mentira es una componente esencial de la *grande hystérie* —dijo el profesor.

Acarició el hombro de Shimamura hasta que cesó su temblor. Mientras lo hacía, lo miró con interés. Shimamura se incorporó del sillón con retraso excesivo, y con excesivos titubeos siguió a Charcot cuando este abandonó el taller. Charcot se disponía a bajar las escaleras y a cruzar el pasillo a la carrera para recuperar el tiempo perdido, pero Shimamura solo conseguía dar pasitos. Charcot, por deferencia, refrenó el ritmo y caminó al compás de su alumno por la Salpêtrière.

—Estoy desconsolado —dijo Shimamura—, y me avergüenzo de mí mismo y de todo mi país, pero no la comprendo: no comprendo su *grande hystérie.*

Charcot se detuvo y dio un giro completo hacia Shimamura. Un señor mayor que jadeaba al respirar y que necesitó tres cerillas para encender un cigarrillo porque tenía los dedos artríticos. Sonrió.

—Yo tampoco la comprendo —dijo, expulsando con descaro el humo por la nariz—, y esto también es un componente esencial de la misma. Por cierto, ¿cómo es eso del zorro?

Charcot invocaba el zorro siempre que Shimamura no se sentía a la altura.

—También es una mentira —dijo.

—Por supuesto. Pero ¿cómo funciona? ¿Quién es el zorro? ¿Cómo penetra?

—El zorro es una zorra —murmuró Shimamura.

—¿Oh?

—Penetra por los pezones o se mete bajo las uñas de la mano o, raramente, en el oído.

Luego, para aguarle la fiesta a Charcot, gritó: «¡Zonas histerogenas internacionalmente conocidas!». Al final explicó con palabras bastante complicadas, tal vez incomprensibles, que la falta de género de los sustantivos japoneses era señal de una lengua sumamente madura, filosófica.

—Diga algo —pidió de pronto Charcot—. Me gusta tanto oír el japonés. Es tan cadencioso, tan puro.

Shimamura guardó silencio. Caminaba ahora tan despacio que apenas avanzaban.

—¿No se sabe alguna poesía? —preguntó Charcot, tirando sin más el cigarrillo de un golpe en el pasillo. Luego, a pellizcos, sacó otro de la petaca.

—*El maestro de la fábrica de pólvora está de zorros hasta la gorguera, por eso resopla al soltar el aliento y tiene los dedos tiesos y ha de pudrirse pronto* —dijo Shimamura en japonés.

—Aaah —suspiró Charcot. Movió una mano en el aire como dirigiendo una orquesta.

—*Poesía de la flor de los cerezos* —dijo Shimamura—. De Uji.

* * *

En ese momento se aproximaba una paciente que lanzó una mirada a Shimamura y, tiesa como una tabla, cayó de bruces a sus pies. Y al momento, empezó a delirar. Deliraba hecha una llama viva, y durante dos horas no hubo manera de frenarla, ni con la intervención de Charcot, ni con láudano, ni con la camisa de fuerza, ni siquiera con el rápido alejamiento de Shimamura Shunichi. Ningún tipo de monerías, grandes movimientos o actitudes apasionadas confería estructura a su delirio. Ladraba; escupía sangre; se rascaba hasta lastimarse los dedos, en su propia cabeza, en los brazos y en las manos de todos los presentes, en las paredes, en el suelo. El profesor Charcot, mucho después de que se hubieran llevado a su alumno en prácticas, entreoyó en aquellos gritos un idioma extraño y vio como bajo su piel se perfilaba y avanzaba algo que no era ni tendón ni músculo ni hueso.

—Asombroso —dijo Charcot a Babinski—. Llevémonos al japonés a clase. Luego lo mandamos de vuelta al Japón.

DIEZ

—Nunca te he perdonado —dijo Shimamura Shunichi hacia el sexto tomo del Charcot francés al sacarlo de la estantería, para, una vez más, tener entre las manos los juguetes de Kiyo. Desanudó el hatillo, hizo girar la peonza sobre su escritorio y, sonriendo, dio vueltas con los dedos a la vara de bambú con el monito colgado.

Cada vez que pensaba en Charcot, no podía menos que sonreír. Entre los estudiantes de la Prefectural Universidad de Medicina de Kioto decir «Charcot» apenas aparecía el profesor Shimamura era una broma corriente, una broma que funcionaba todas las veces: sus labios siempre esbozaban esa sonrisa, la única de su repertorio que incluso le alzaba el bigote. «Charcot,

Charcot», gritaban los estudiantes durante las lecciones, y también entonces sonreía Shimamura, el profesor más indulgente, el examinador más clemente, la persona más dulce, y preguntaba: «¿Charcot? ¿Y qué?». Después hacía cantar al estudiante la tríada charcotiana de la esclerosis múltiple: el nistagmo, el tremor intencional, el habla telegráfica. Los estudiantes nunca supieron lo que era tan digno de provocar esa sonrisa.

—Nunca recuerdo qué juguetes están dentro de este hatillo —masculló Shimamura para sí—. Seguro que es por algo y debería apuntarlo. —Extrajo del bolsillo del batín la libreta en la que a veces anotaba ideas para el libro de la memoria. Le pareció tan extraña como los juguetes. ¿Siempre había sido marrón? Volvió a guardarla.

Luego depositó los juguetes sobre la tela arrugada, la anudó con esmero y la embutió en la estantería.

—Tanto tiempo que llevas muerto, embustero artrítico —le dijo al sexto tomo del Charcot francés, y lo empujó de vuelta a la hilera de libros para que todo quedara en su sitio.

Desde que, estupefacto y halagado, Shimamura le aseguró que lo asistiría en una clase magistral cuando él lo quisiera, el profesor Charcot volvió a espaciar sus apariciones. Shimamura de nuevo se veía corriendo por la Salpêtrière escaleras arriba y abajo en pos de Babinski y a la caza de información. «Consulte el manual, consulte el manual», decía el doctor Babinski, pues no podía aceptar que, efectivamente, alguien no entendiese francés. Las obras de Charcot se encontraban en toda la Salpêtrière, sus volúmenes y ejemplares ocupaban varios metros de estantería. ¿Aprender francés? ¿Era esta la voluntad de la comisión de becas? Shimamura contemplaba aquellos tomos por fuera y por dentro, sin llegar a ninguna conclusión. «¿Cómo proceden ustedes en lo terapéutico?», preguntó a Babinski en más de una ocasión, y Babinski siempre contestaba: «Reposo, láudano, agua fría, consultar el manual». Lo decía con un gemido, como si la idea de querer destruir la obra de arte de una *grande hystérie* fuese testimonio de ignorancia y de oriental simpleza.

Los días hasta el martes, para cuando estaba fijada la próxima lección de Charcot, transcurrieron con suma lentitud. En un arranque de rebelión, Shimamura asistió al doctor Binet que, sin que Charcot lo supiera, registraba con un taquistoscopio de bolsillo los tiempos de respuesta de sus pacientes. Tras finalizar su jornada, pasaba mucho tiempo en los bulevares. Se levantaba la solapa del abrigo, se calaba el sombrero hasta la frente y, para evitar encuentros, avanzaba con el cuerpo inclinado hacia delante, como si el viento le diera de cara. Las siluetas ondeantes de las damas, su paso de dragón, sus brazos largos y mullidos, los arabescos de sus bufandas y sombreros, los contemplaba medio con espanto, medio con mirada diagnóstica. En casa, cuando salía de su habitación, los estudiantes de Derecho gritaban

«*¡hitsuteri!*», y hacían toda clase de payasadas. Ojalá nunca hubiera mencionado esa palabra. Iba con ellos al Cabaret del Infierno y se emborrachaba. Más tarde, por fin, llegó el martes.

Con 37,8 grados de temperatura, Shimamura Shunichi se dirigió a la Salpêtrière. El tranvía ya estaba abarrotado. Frente al pórtico paraban coches de punto. En el portal se apretaba la gente. «Por fin, el día de puertas abiertas», pensó Shimamura. Siguiendo las instrucciones, acudió al consultorio del doctor Tourette.

—Hoy es su día —ladró este. En vez de hacerlo pasar, lo fue pilotando a través de la muchedumbre y, por una puerta estrecha, lo empujó a un pasillo oscuro. Allí depositadas, había viejas herramientas, una especie de almohada con correas, tornillos y manos de mortero, un arsenal completo—. Un camino especial hacia el escenario —dijo Tourette—. Compresores de ovarios, desechados. Un estímulo en el que no se puede confiar. Igual que usted.

—¿Perdón? —preguntó sorprendido Shimamura.

El pasillo conducía directamente al auditorio central y, allí, por el fondo, al estrado.

—Conejo —dijo Tourette—. Sombrero. Para que nadie lo vea de antemano. ¿Nos entendemos? Gracias.

—Yo… *Pardon?* —volvió a preguntar Shimamura.

Tourette lo empujó sin palabras hacia un escabel situado al borde del estrado, detrás de un biombo.

—No se mueva. Al menos hasta que aparezca Charcot. O yo. Gracias. —Y se esfumó.

Shimamura escudriñó la sala entre los bastidores del biombo. Era un vasto anfiteatro con abundante madera de color marrón y lámparas en forma de pera. Las filas ya estaban bastante llenas. Caballeros de gris, caballeros de negro, damas con sombreros emplumados, otra vez los personajes con togas rancias que Shimamura tomaba por poetas, el doctor Beaunis con estudiantes, el personal del laboratorio de los conejillos de Indias, la hija de Charcot con su marido y, en las primeras filas, una mujer alta de vestida de verde musgo acompañada por un joven disfrazado de marinero. Shimamura comprendió entonces que allí la neurología se enseñaba en público. Se prohibió a sí mismo tener una opinión al respecto. El muchacho del disfraz de marinero le sonaba. Quizá lo había visto en el depósito de los cadáveres de los ahogados. Quizá la mujer de verde no era su madre, sino su maestra. ¿Tenía eso importancia? ¿Tenía sentido? ¿Debía el Japón saberlo? Shimamura no logró concentrarse en estas preguntas porque su acalorado cerebro no cesaba de reiterar la cantinela de «conejo» y «sombrero». No consiguió asociar nada a estas palabras, ningún proverbio, ninguna imagen, ninguna alegoría. La pregunta de lo que él, Shimamura, tenía en común con un compresor de ovarios palidecía comparada con este problema. ¿Conejo? ¿Sombrero? ¿El alemán de Tourette se estaba echando a perder de forma definitiva? ¿O solo quería molestar a Shimamura? Desde que Charcot, en el taller de fotografía, le presentara en exclusiva la histeria protagonizando aquel espectáculo de danza, Tourette trataba al alumno en prácticas con un asco apenas disimulado.

La sala se iba llenando cada vez más hasta que no quedaron asientos. ¿Acaso Charcot cobraba la entrada? ¿Para después repartir los centavos entre sus pacientes y que pudieran comprar atavíos y baratijas? ¿El misericordioso profesor Charcot? «Por el emperador y la patria», pensó Shimamura con mala fe. Luego empezó la sesión.

Tras las palabras de bienvenida pronunciadas por Charcot, Babinski hizo entrar a un hombrecito que sufría la enfermedad de Parkinson y tenía que pasearse por el estrado y exhibir los síntomas cardinales de dicha dolencia. A continuación, Charcot mostró en el paciente cómo se empleaba un instrumento de medición de temblores, demostración para la cual el doctor Bourneville le aplicó al individuo leves descargas eléctricas en la espalda y en el pecho. El hombrecito estaba tan ocupado en avergonzarse que no respondía a ningún estímulo. Tenía que decir algo, pero no decía nada. Charcot derrochaba su encanto con él, el público se aburría de manera audible. El muchacho con el traje de marinero trató de morderse las uñas, pero la mujer de verde le propinó un golpe. Después, ella empezó a tomar notas. «Quizá había venido a estudiar de forma subrepticia la neurología para luego cometer un crimen», pensó Shimamura de repente. Estuvo rumiando ese extraño pensamiento durante un rato. No se le ocurrió ningún crimen que presupusiera el estudio de la neurología.

Tales reflexiones lo entretenían tanto que se perdió a la primera histérica. No fue hasta la siguiente que se acercó de nuevo a la rendija del biombo.

La segunda paciente ya se hallaba medio desvestida. El público suspiraba. Tal y como se esperaba, el tema eran las zonas histerogenas. El cuello. Los labios. Las palmas de las manos. Después le habría tocado el turno al bajo vientre, pero este no fue objeto de demostración, solo de explicación. Y salió la número tres, una joven delicada con trenzas de color castaño a la que Charcot tendió de costado con suavidad para estimularle los lóbulos de las orejas, primero con plumas, luego con agujas. Incluso la enfermera que la ayudaba a deshacerse de la ropa era guapa; la única enfermera guapa de la maldita Salpêtrière.

La cuarta paciente ya empezó a estremecerse. Con mirada vidriosa, siguiendo un diapasón, sacó una lengua bonita y muy larga. «¡Oh, qué espectáculo simiesco de sexualidad reprimida!», formuló Shimamura con dicción esmerada. Lo acometió una sensación excelsa. Cuanto más tiempo pasaba en Francia, tanto más mejoraba su alemán. La completa belleza idiomática de todos aquellos tomos de la editorial Reclam que había leído cuando era estudiante se había congregado de pronto en su cabeza con ánimo creativo. Los escritores Gotthelf, Heyse, Immermann… El joven marinero, con gesto arrobado, se había metido tres dedos en la boca. La mujer de verde escribía. ¿Sería de la prensa? ¿Una poeta? Todas las pacientes se derretían en el ancho pecho de Babinski, mientras Charcot se dedicaba a sus zonas y Bourneville le iba alcanzando los aparatos. Tourette era un espectador más. Se le movían los labios. Tal vez no paraba de sisear *«foutu cochon»,* como aquella pobre margravesa que antaño había apadrinado el tic de Tourette. La enfermera, entre aplausos, se llevó a la cuarta histérica, y entonces Tourette, como el diablo en el teatro, emergió del suelo junto al escabel de Shimamura.

—A prepararse. Te toca enseguida. —Shimamura volvió la mirada. ¿Acababan de tutearlo?—. Por cierto, hay que consultar el manual de Charcot —susurró Tourette con sorna—, como suele decir Babinski... ¿o quizá mejor en alemán? —Una sonrisilla fea torcía su fea boca—. El alumno en prácticas de Viena, Freud, tradujo todos los apuntes al alemán. —Tourette escupió estas frases como una comida en mal estado. Por lo visto, el alumno en prácticas de Viena, Freud, le repugnaba tanto como el alumno en prácticas de Tokio, Shimamura.

—¿Por qué me lo dice...? —susurró Shimamura. Entonces se levantó una encendida ovación, y Tourette se dio prisa para volver a plantar su humanidad en el centro del estrado—. Ufff —expiró Shimamura hacia la rendija del biombo. La lectura le habría tomado varias semanas, y asimilarla otras tantas. Soltó un suspiro. Los aplausos siguieron acrecentándose para interrumpirse de súbito y dar lugar a un silencio reverencial.

Había entrado en escena una nueva paciente. Ufana, oronda, tímida y desquiciada, se mantenía quieta frente a Charcot. Babinski y Tourette la acechaban por ambos lados, como si se tratara de nada más que de un florero valioso que pudiera derrumbarse en el momento menos pensado. No estaba acicalada ni encorsetada y había dejado atrás su juventud; iba descalza, tenía el cabello rubio desordenado y ya ralo por donde la raya lo separaba, y llevaba drapeada alrededor de su cuerpo exuberante una simple sábana almidonada, dura como un tablón. Se tambaleaba suavemente, como padeciendo un acceso de vértigo. Los pliegues de la sábana parecían configurar prismas en la tela a cada movimiento. Charcot se dirigió al público, tambaleando también levemente, como si se hallara a bordo de una nave con la enferma. «No quiero —pensó Shimamura—. No quiero salir a ese estrado.» Bourneville se había acercado a la paciente y hacía balancear un oftalmoscopio de Helmholtz ante los ojos de esta, al tiempo que decía números. Charcot, con gesto de concentración, miraba en la dirección opuesta. Shimamura tenía la vista fija en el oftalmoscopio. ¿Mesmerismo? ¿Hipnosis? ¿Va en serio? ¡Oh, qué asco, profesor Charcot! Dos lágrimas rodaron por las mejillas de la paciente, después su mirada se fue apagando. *Conejillo… sombrero…,* repetía la cantinela en el cerebro de Shimamura. La enferma se había quedado cataléptica hacía rato, con las manos dobladas en la sábana y los ojos azules vidriosos. Shimamura procuró tragar. No pudo. Bourneville guardó el oftalmoscopio en el bolsillo de su chaleco y reculó hacia el fondo, donde estaban Babinski y Tourette.

Charcot hablaba al público. Mientras lo hacía, desasió con delicadeza el brazo derecho de la mujer, envuelto en la tela, lo fue arqueando y, junto con la mano, moldeando de tal manera que adoptara una pose cargada de expresividad. La nave en la que viajaban había dejado de tambalearse; estaba atracada y, desde la borda, la acompañante de Charcot agitaba la mano en un lánguido gesto de saludo. El profesor le tocó la barbilla, y la cabeza se movió a un lado. También introdujo la mano en la sábana, y el cuerpo se dobló por la cintura. Charcot hablaba a la vez que le doblaba con ternura cada dedo de la mano que saludaba, pero en sentido contrario a las articulaciones. Era una mano ancha y pálida con los lechos de la uña inflamados. Bajo los toques de Charcot, se fue metamorfoseando en una planta bizarra que desentonaba junto a un brazo humano. *«Bienvenue Nagasaki»,* ronroneó Charcot. De pronto, Shimamura se encontró en medio del estrado, sin idea de cómo había ido a parar allí.

Los ojos azules de la sonámbula lo atravesaban con la mirada. Sus labios estaban entreabiertos. Shimamura notó y olió su aliento, un tenue aroma de infusión de melisa. Después sintió el dedo índice de Charcot en la solapa. Caminaba despacio hacia atrás, acompañado por la paciente que se contoneaba, pasito a pasito, realizando el movimiento propio de una oruga que se endereza en el borde de la hoja y va tanteando. La mano doblada contra natura se relajaba y agarraba una sombrilla ficticia para protegerse de la nieve. Su cabeza, demasiado pesada para el cuello, se convulsionaba y picoteaba como la de una paloma. Se resguardaba del sol. De la nieve. Del sol. Luego la sombrilla se le escurrió de las manos y ella se detuvo, un triángulo blanco con asimetrías tan complicadas como el alma de una mujer, tan complicado como el amor de la princesa del bambú que, bajo la luna llena, se rinde a los pies del mikado. En efecto, ella se estaba rindiendo, inclinándose hasta el suelo. Shimamura retrocedió con el cuello palpitante. La princesa del bambú, embozada en su cabello de luz de luna, ocultó la cara en la manga, después en el abanico. De su boca salían sonidos, primero un arrullo, luego un estertor, luego palabras. Su cabello rozó los zapatos de Shimamura, y entonces, como tirada por hilos invisibles, se enderezó, se arqueó y entonó un canto. Un idioma extraño que Shimamura comprendió. «¡Vida, rueda que gira! ¡Vida, rueda del suplicio!» Estiró los brazos. El espíritu de la dama Rokujo, preso en el cuerpo de la dama Aoi. «¡Vida, fugaz como la espuma, atada a la rueda de las reencarnaciones!» Una voz del lamento, que subía y bajaba, que se aflautaba, bramaba, gritaba. ¡Frágil, frágil, la vida! El agujero negro de su boca. Había muchos espíritus cautivos en el cuerpo de la dama Aoi, porque uno solo no podía tener tantas voces. ¡Soy sombra! Ahora tañía un instrumento. Shimamura apreció la madera lisa, las cuerdas, los agujeros en forma de hoz de luna de la caja de resonancia, los amuletos bamboleándose en las clavijas. Shimamura se clavó las uñas en las palmas. Sintió en los riñones la barrera que separaba el estrado de la sala. Era imposible seguir retrocediendo. ¡Frágil! ¡Frágil! ¡Hoja de la platanera! La mujer se inclinó profundamente, el instrumento se desvaneció en sus manos. Volvió a reptar, a tantear. Shimamura se apretó contra la barrera. Fue cuando sus miradas se cruzaron. Ella estaba despierta, por completo despierta. ¿Y era aquello una sonrisa? Cuidadosamente, con dos dedos, se pinzó su indumentaria blanca y dura marcando nuevos ángulos delirantes. Luego se desmayó, exangüe. Y fue resucitada. Ahí estaba otra vez, erguida, fresca, pura e intranquila, una niña-muchacha vestida de primavera que manoseaba la cuerda del cinturón y no sabía qué hacer con el abanico. ¿O sostenía una tacita? ¿Una florecilla? ¿Un monito de trapo? «Charcot», susurró Shimamura. No lo vio por ninguna parte. En su lugar veía ciruelos en la primera noche de su florecimiento. Entre estos, ella caminaba a tientas. Tan joven. Tan dulce. ¿Era ciega? Tocaba el vacío. Sus articulaciones de muñeca entrechocaban delicadamente. «Allí, el puente de Umeda…» Los palos que conducían los brazos de papel de Shimamura se levantaban despacio. «Es, amada, el puente que las urracas tendieron sobre la Vía Láctea…» «¡Charcot!», gimoteó Shimamura. «Vayamos a morir en el bosque de Tenyin. Namu Amida Butsu.» Entonces Shimamura sacó el puñal del pecho. El cuerpo de ella, un soplo, se desmoronó sin vida a sus pies. «Hombre y mujer para la eternidad.» Él se cortó la yugular. El público deliraba.

«Gracias», dijo Charcot. Lo relevó Tourette. Empujó a Shimamura sobre el estrado, hacia detrás del biombo. Bourneville y Babinski se habían precipitado a socorrer a la paciente. Un guante de tocador mojado y un frasquito de sal volátil cumplieron discretamente su función. Algo seguía entrechocando. Shimamura comprendió que era Tourette, quien chascaba los dedos delante de su cara.

—¡Cómo se atreve! —dijo Shimamura con un hilo de voz. Se dejó caer sobre el escabel y se quedó sentado inmóvil, mientras Charcot recitaba un largo epílogo, mientras el público callaba, aplaudía, se levantaba y parloteaba, mientras la sala se iba vaciando, mientras Tourette se marchaba con sigilo y Babinski pasaba de largo con paso firme, mientras Bourneville y su ayudante de laboratorio ponían a recaudo sus aparatos, mientras venía alguien para barrer… Después se incorporó. Estaba completamente solo en el vasto auditorio de la Salpêtrière. Encontró el pasillo con los compresores de ovarios y lo recorrió, todavía vacilante pero decidido y despierto. El pulso le latía de manera acompasada con una frecuencia de setenta. Se encaminó hacia el consultorio de Charcot. Las pacientes se apartaron. Una escalera, un pasillo. Entró sin llamar, y efectivamente, ahí estaba, aún acalorado y sin aliento, rodeado por sus ayudantes que departían en animada charla. La paciente rubia, con el pelo recogido y una manta verde encima de su sábana, estaba reclinada en el escritorio de Charcot. Seguía temblando como un azogado y mantenía una conversación con Babinski.

—Charcot —siseó Shimamura. Todos se volvieron hacia él. La paciente hizo una genuflexión, un ademán infantil, como si estuviese ante un extraño que le resultara inquietante.

—Gracias, gracias —exclamó Charcot, cogiéndole ambas manos a Shimamura y estrechándolas de forma amigable.

—Le ha enseñado usted mis xilografías —dijo Shimamura—. Ha ido usted con ella a la Exposición Universal. Es usted un embustero. Un tramposo. Un farolero, un bribón, un mendaz, bellaco y charlatán. —El tesoro de la lengua alemana se derramaba a borbotones sobre los labios finos de Shimamura—. Es usted una vergüenza para toda la neurología —prosiguió—. ¡Un… un farsante! —Su cuello palpitaba. Su tesoro se agotaba—. ¡Canalla! —bufó Shimamura Shunichi, luego se dobló profundamente, se irguió de nuevo y comenzó a gritar. Aún alcanzó a oír ese grito. Luego ya no oyó nada.

Despertó tirado en el suelo, con la camisa rota y la cabeza acostada en el regazo de la paciente rubia. Charcot, Babinski, Tourette y media docena de médicos más se inclinaban sobre él. También la camisa de Charcot estaba rota. Un hematoma empezaba a orlar su ojo izquierdo. Estaba radiante. La paciente acariciaba el pelo erizado de Shimamura.

El consultorio estaba devastado. Las plantas, fuera de sus macetas; el suelo, sembrado de libros, papeles, útiles de escribir, martillos percutores; las sillas, patas arriba; una vitrina, hecha añicos.

De común acuerdo, Charcot y su paciente ayudaron a Shimamura a incorporarse y lo condujeron hasta la *chaise-longue*. Babinski trajo agua. Tourette, pálido de repulsión, le tendió un pañuelo.

—¿Mejor? ¿Mejor? ¿Mejor? —inquirió Charcot, preocupado. Seguía radiante.

—¿Mejor? ¿Mejor? —remedó la rubia.

Shimamura asintió con la cabeza. Tenía sangre en la boca. Tragó y bebió. Charcot le había vuelto a coger la mano y le acariciaba el antebrazo. El otro antebrazo lo acariciaba la rubia.

—Querido colega —dijo Charcot, y su cara radiante iluminaba la sala—, ha sido la *grande hystérie* más bonita, más pródiga en detalles y más perfecta que jamás he visto en un hombre. No se imagina usted lo importante que es esto. Para la neurología. Para mí. Para cualquiera, sea profano o médico. ¡Para todas las mujeres de este mundo mojigato! Llevo años luchando contra el prejuicio de que esta enfermedad evita al sexo fuerte. Se lo agradezco. Como colega. Como compañero de lucha. Juntos demostraremos al mundo…

—*Oui, oui!* ¡Prejuicio! —exclamó la paciente. Y el japonés volvió a desmayarse.

Shimamura Shunichi huyó de París al amparo de la noche. Seguía con agujetas en cada fibra de su cuerpo. Llevaba en la maleta todos los volúmenes del Charcot alemán que, quién sabe cómo ni cuándo, había sustraído de la Salpêtrière.

Le Temps publicó un artículo que comentaba brevemente su actuación en la clase del martes. Los estudiantes de Derecho quedaron tan encantados que tardaron bastante tiempo en percatarse de que su compañero se había marchado. Cada uno compró por lo menos cinco ejemplares de la gaceta para poder mandar el artículo por vía postal hasta Tokio. Por no citarse ningún nombre, escribieron al margen: ¡Se refiere al alienista Shimamura Shunichi, alumno de Sakaki Hajime! El escándalo no llegó a más.

Ya en el tren, el doctor Shimamura empezó a leer a Charcot. El tiempo pasaba sin que él se diese cuenta. Le costó admitirlo, pero, a juzgar por sus escritos, Jean-Martin Charcot era, en efecto, el mejor neurólogo del mundo.

ONCE

—En Berlín no reinaba más que la razón —dijo el doctor Shimamura.

Embutió las mangas del kimono en las del batín. El día anterior había aparecido una nueva mancha, esta vez de escopolamina y de sangre, en el centro de una flor de lis. Era abril y hacía un frío que helaba. Qué bien tener un batín abrigado, aunque estuviera sucio y las mujeres lo censuraran.

—Todos hablaban alemán —continuó—. No aprendí más que cosas útiles. Nadie salvo yo padecía histeria. Y tenía un piso completo para mí solo, en la Hannoversche Strasse, a cuatro pasos de la Charité. Allí no reinaba más que la sencilla y bella razón y la medicina. Y usted ahora se queda aquí, señorita Sei, junto con su estúpida cuba.

La criada humilló los ojos y se tapó la cara con las manos.

—Se sienta en este mueble y me brinda compañía. —Señaló el sillón de ratán. Había que cogerla por sorpresa, entonces era incapaz de decir no. ¿Sabía hablar siquiera?—. Ahora mismo —insistió Shimamura.

La criada se apresuró hasta la silla, se plantó delante y volvió a taparse los ojos.

—Sentarse significa doblarse por la mitad y apretar el trasero contra el cojín —dijo Shimamura.

Ella obedeció a duras penas. Y eso que en Kioto siempre estuvo sentada en sillas. En el cuarto de las enfermeras. ¿O había sido en la sala comunitaria de la sección de mujeres crónicas?

—En Berlín, donde pasé un año entero o quizá incluso dos —dijo Shimamura—, después de acabar mi jornada, escribía docenas de artículos sobre los motivos por los cuales el Japón sienta bien a los nervios. Estar sentado en el suelo de forma contumaz, rábano viejo para desayunar, un idioma sin número ni género, casas voladoras, árboles genealógicos familiares, bañeras familiares, ocho millones de dioses, terremotos, maremotos, etcétera. Argumentaba que todo esto robustecía los nervios, y lo trufaba con conocimientos médicos. ¡Qué artículos más divertidos aquellos! Acariciaba la idea de mandarlos a la *Kladderadatsch,* que es una revista berlinesa. Pero al final los mandé a la estufa. Nunca fui una persona divertida, Luise. Lo divertido no forma parte de mi constitución mental. Lo aprendí todo acerca del electrodiagnóstico neurológico y todo acerca de la sífilis terciaria. Seccioné muchos cerebros. Compré este batín y empecé a llevarlo, me ponía mi fez egipcio, y así llegué a los treinta. A veces, cuando la fiebre subía, mi enfermedad se abultaba bajo la piel del vientre y producía una sensación de hernia inguinal. Rara vez palpé la cabeza del zorro; a veces, los rasgos pronunciados del profesor Charcot. Cuando me enteré de que había muerto sentí lástima. Lo echaba de menos, junto con su mantecosa princesa de Kabuki. Porque como usted sabe... claro que no lo sabe: el histérico siempre busca los excesos. El profesor Mendel por un momento me dio esperanzas: cabalgaba a lomos de un caballo al lado del tranvía, repartía limosna de un cesto y, de paso, fundaba manicomios, un conjunto de pequeños manicomios en Pankow. Entonces pensé que con Mendel podía prosperar. Pero él también me encasilló en los cerebros. Yo los calentaba en la incubadora e inyectaba masa de carmín gerlachiana en gelatina. Mendel lo quería saber todo sobre la irrigación sanguínea del puente troncoencefálico y la cara ventral del mesencéfalo. De modo que yo incubaba y coloreaba, incubaba y coloreaba... ¡Cuántos cerebros se conservaban en la Charité, y con qué generosidad los daban! Sin duda, gasté más cerebros que los que caben en un auditorio. En sueños se me aparecían miríadas de núcleos oculomotores bailando. El profesor Mendel estaba satisfecho conmigo, aunque mi persona siempre le causaba un poco de extrañeza, como si no acabara de creerse que alguien como yo fuera médico. Pero me daba permiso para publicarlo todo en la *Neurologisches Zentralblatt.* También cursé informes a la comisión de becas. Era importante para el futuro del Japón, ¿verdad? ¿Dónde estaríamos hoy en día sin la coloración gerlachiana de la cara ventral del mesencéfalo? ¡Qué anticuados, supersticiosos y demenciales seríamos todavía, sobre todo tú, Anna-Luise, si por aquel entonces no hubiéramos recorrido el mundo en manadas para explorar, por ejemplo, cómo el profesor Mendel en Berlín coloreaba sus cerebros! No habríamos pasado de ser un cúmulo de islas diseminadas, sacudidas por terremotos y maremotos. Pero no te prives de subir las piernas sobre la silla y de esconder tus patitas de ánade bajo tu cuerpo, si así estás mejor sentada. Uno, en realidad, es genio y figura hasta la sepultura.

»Cuando no desmigajaba los cerebros de Mendel, investigaba a la planchadora Jäger bajo las órdenes del profesor Von Leyden. Se trataba de una mujer joven que un día comenzó a sentir un hormigueo en la pierna derecha. Una planchadora es, como su nombre indica, una mujer que tiene por oficio planchar. A veces sigo pensando en ella. La señora Jäger era la persona menos demente que había conocido en mi vida, exceptuando a mi esposa. Recaló en el departamento de neurología de la Charité. Hormigueo en la pierna derecha, hormigueo en la izquierda, y después, incapacidad de abandonar la cama e incontinencia urinaria. Había estado caminando sobre nieve blanda y húmeda. El profesor

Von Leyden decidió dejarla en mis manos. De manera que la examiné. Cada día, ponía a prueba la excitabilidad farádica de su musculatura. Así, durante un año. Durante un año, la planchadora Jäger estuvo muriendo de una neuritis ascendente de las extremidades inferiores que desembocó en mielitis. Nieve mojada. Uno solo puede extrañarse. Lo documenté todo con sumo rigor. «Bien, bien, Shimamura», decía el profesor Von Leyden. Yo siempre llegaba con el aparato galvánico. La señora Jäger me tomaba por chino, de ahí que yo le dijera un día sí y otro también: «Aquí viene el chino con la electricidad, señora Jäger», y ella decía: «No, no». Poco más añadía. Tenía dos niños pequeños. A estos les decía: «Portaos bien». Von Leyden la exponía una y otra vez en sus clases. Decúbito necrótico y edema pulmonar. La señora Jäger moldeaba con los labios su «no, no», y de esa manera cumplió los treinta. Esperaba yo íntimamente su muerte. Después le practiqué la autopsia. Es el único cerebro de Berlín que sigo viendo en mis recuerdos, los cordones posteriores presentaban degeneración gris y placas en la duramadre. Martha Jäger. Su tracto piramidal lateral, con manchas. Su piamadre, delicada, anémica. El profesor Von Leyden me autorizó para publicar el caso en la revista de medicina clínica. También informé al respecto a la comisión de becas. Lo dicho: en Berlín no reinaba más que la razón.

Shimamura pugnaba por respirar. Estaba sentado en el borde de la cama y contemplaba sus pies. Calcetines europeos ahorquillados en chanclas japonesas. Dos artiodáctilos grises, estrujados, infelices, descansando sobre una alfombra oriental. Parecían pies de cerdo. Shimamura se quitó las chanclas y los calcetines y sumergió los pies en la cuba de agua, mientras observaba a la criada. ¿Había adivinado por fin la función de la cuba? La muchacha no movió ni un músculo de la cara. ¿Por qué «muchacha», en realidad? Debía de tener por lo menos treinta años. Desde hacía un rato trataba de contener sus grandes pechos con el cordel que sujetaba también las mangas arremangadas. No era agradable de ver. ¡Y qué criatura más pequeña! Sentada en aquel sillón, los pies apenas le llegaban al suelo. Shimamura se preguntó cómo sería su cerebro. Seguramente, fresco y sano, un cerebro de lo más feliz.

—Es una pregunta descortés —dijo Shimamura—, pero dime una cosa, Luise: ¿qué te parece tan digno de amor en mi persona?

Era simplemente imposible llamarla «Sei». Seguía sin mover ni un músculo de la cara. Tampoco contestaba. Shimamura podía entenderlo.

—¿Quién eres, en realidad? —interrogó—. ¿Cuál es tu origen? ¿Cómo has venido a parar a este lazareto? ¿Te pagan debidamente? ¿Mi esposa es buena contigo? ¿Y sabes hablar? Si así es, haz el favor de decir que sí.

En el entrecejo de la criada se formó una arruga.

—Por cierto, ¿estoy hablando en japonés? —preguntó Shimamura—. ¿O hablo en alemán todo el tiempo?

La frente de ella se alisó. Luego dijo «Mitad y mitad». Su voz era poderosa y profunda, como la de un hombre.

—Cuando cantas suenas distinto. —Esto le salió en japonés.

La criada no reaccionó.

—¿Me cantas una canción?

Ni respuesta ni canción.

—¿Puedo seguir con mi relato?

Silencio. Quizá ella solo hablase una vez al día, y, por lo tanto, acababa de agotarse.

—Gracias —dijo Shimamura. Sacó los pies del agua fría, se los secó en la manta y se puso a contemplarlos. Blancos y un poco azules. ¡Qué pies más feos! La criada había subido los suyos sobre el sillón y estaba agazapada como un animal. Entonces Shimamura continuó su relato.

—Asistía a las clases de anatomía patológica de Virchow y dibujaba camas en Dalldorf, en particular, bosquejaba las correas acolchadas con las que podía atarse a los pacientes y que, en caso de que no se utilizasen, desaparecían en un santiamén debajo del colchón para evitar que la sala pareciera un manicomio a primera vista. En la Charité, el profesor Jolly disertaba sobre la hipocondría neurótica. En el clínico de Herzberge, el profesor Moeli conferenciaba sobre el crimen y la locura. Era todo muy instructivo. Pero yo prefería hacer copias a lápiz de las duchas. En Berlín, dibujaba las cosas más extrañas, hasta cloacas y una caseta de palancas del tren urbano. Porque había cogido asco a la fotografía. Hacía viajes, pienso, hasta Halle, Jena, Dresde, Heidelberg, para copiar también allí todo lo importante, pero ya no lo recuerdo y los dibujos deben de haberse perdido. Olvido ante todo dos cosas, Luise: lo que me asusta y lo que me aburre. En resumidas cuentas, casi todo. Lo que más rápido olvido es lo que ha de ir anotado en mi libro sobre la memoria, pues eso me asusta y me aburre al mismo tiempo. Lo que todavía recuerdo de Berlín: las berlinesas en los tejados por la noche. Se sentaban allí y maullaban, o como quiera que se llame lo que hacían. Quizá su pellejo era un poco más oscuro porque el lignito lo ponía todo perdido, pero por lo demás, exactamente como en casa. Deseaba subir junto a ellas cada vez que, de noche, miraba por la ventana de la Hannoversche Strasse y las oía ladrar, chillar o bufar. Afortunadamente, me reprimí las ganas. ¿Estoy hablando en alemán otra vez? A propósito de los sueños y de los animales: ¿sabías que los zorros después de aparearse no pueden separarse durante media hora? Eso se llama «abotonamiento». El macho ya se ha bajado y lleva rato mirando en otra dirección, pero sigue clavado en el sexo de la hembra. Los dos tuercen la cola a un lado y hacen como si la cosa no fuera con ellos. ¡Durante media hora! No me extraña que eso no haya pasado a formar parte de la creencia popular. Es sencillamente *unromantisch*.[4] Perdóname el adjetivo alemán. Me recuerda a las libélulas y a los coleópteros acuáticos

4. Nada romántico.

que, a finales del verano, se ven volar machihembrados con esa necia ecuanimidad. ¿Por dónde iba? ¿Berlín? Durante un tiempo traté de criar en mi rostro un bigote de mosquetero, con un resultado desolador. *Minderwertigkeitsgefühl.*[5] Perdóname este tecnicismo alemán. ¡Qué barbas tan impresionantes las de los colegas berlineses! Con mi mísero vello estudié, bajo el profesor Jolly, un caso de *miastenia gravis* y rendí cuenta sobre el particular a la comisión de be…

—Basta, querido —dijo Sachiko.

La criada saltó del sillón, y el emérito se zambulló en su cama, hasta debajo de la manta, impelido por el susto. Nadie había oído venir a la señora Shimamura. Todos sabían que era capaz de hacerlo: capaz de aparecer de improviso. Pero a todos se les volvía a olvidar.

—Te cansas, querido —dijo Shimamura Sachiko. La criada se arrodilló, pero al instante se incorporó de un brinco y, extrañamente doblada hacia delante, casi de forma simiesca, salió disparada por la puerta abierta.

—Ahora la has desquiciado por completo —constató Sachiko—. Ahora hasta olvidará que aprendió a caminar.

Shimamura se asomó lentamente bajo la manta.

—¿Qué quieres con la cuba? ¿Por qué tiene que traértela cada día?

Shimamura meditó. Luego dijo:

—Para variar.

5. Sentimiento de inferioridad.

Sachiko, sonriente, tocó la cuba con la punta del pie. Fuera, entre los membrillos, la criada cantaba su canción, como si no hubiera ocurrido nada. «En la hierba larga, en la hierba corta, en Uji y Kei…»

—Como antes —dijo Sachiko—. ¿Verdad, querido?

Doce

La hija de la casera que, en invierno de 1893, le alquiló a Shimamura Shunichi un cuarto de entresuelo en la vienesa Hahngasse, tuvo la idea de disfrazarlo de enfermo imaginario para una fiesta de carnaval.

Estaba a punto de celebrarse un baile de artistas. Había fijado con una pinza en la pantalla de su lámpara de mesa el billete de entrada que recibió en la tertulia de los becarios, billete que un estudiante japonés de Pintura le había obligado a aceptar. Y ahí fue donde lo descubrió la hija de la casera. Se llamaba Barbara, estudiaba Artes Dramáticas y pasaba largos ratos charlando con Shimamura sentada sobre su cama.

El enfermo imaginario no fue su primera elección. Habría preferido disfrazar al japonés de japonés, pero entre el equipaje del doctor Shimamura no encontró un solo hilo de traje típico nipón. Lo instó a coger del hospital una lavativa con el fin de ostentarla como accesorio y usarla para molestar a las mujeres, según era la costumbre de carnaval. Sin embargo, en el frenopático del Bründlfeld, donde realizaba prácticas, no hubo manera de conseguir una, por lo que Shimamura tomó prestada la parte inferior de un tremógrafo. A pesar de lo estético del cofrecillo, Barbara no quedó contenta. Dedicó varias tardes a maquillar a Shimamura a modo de prueba —de blanco como la pared, azulado y, alrededor de los ojos, encarnado— para compensar la falta de lavativa, y compuso por fin una máscara que fue de su agrado. Culminó el disfraz con el gorro de dormir de su abuela, las pantuflas turcas de su fallecido padre y el rancio batín de Shimamura. Le pinzaría con chulería el termómetro clínico en la oreja, como hacían los cocheros con sus cigarrillos. Luego esperó con emoción a que llegase el baile y dio los últimos toques a su propio disfraz de sílfide. La tarde en cuestión, Shimamura se hizo maquillar y vestir, se pinzó el termómetro en la oreja y, con el tremógrafo bajo el brazo, se echó un abrigo encima y desapareció en la noche. Solo horas después, rodeado en la sala de baile por el enjambre de muchachas, se le ocurrió que podía haberse traído a Barbara. Pero ya era demasiado tarde. La amistad se perdió para siempre.

Como era natural, en el baile de disfraces, Shimamura no reconoció a nadie, tampoco al pintor japonés. Era una sala grande, llena, bulliciosa y decorada con fealdad. Colgar cosas de mal gusto por todas partes, papeles de vivos colores hechos trizas y toda clase de inmundicias, entre ellas zapatos y viejos útiles de cocina, parecía ser un elemento importante de aquella tradición. Shimamura bebió —desde Berlín bebía con frecuencia y a veces en abundancia—, y trató de recordar cómo se insertaba el carnaval en el calendario cristiano para al menos verle una centella de sentido a aquella noche, pero no logró situarlo.

Querían conocerlo muchas mujeres. Sobre todo, querían bailar con él. Hacía rato que el vals lo había hecho llorar. Sucedió de manera irremediable, ya en los primeros compases, pero las huellas de las lágrimas se mezclaron bien con el maquillaje grasiento y no llamaron demasiado la atención. Había refrenado con éxito las ganas de sacarse el termómetro de detrás de la oreja y de metérselo en la boca o bajo la axila, pero de poco hubiese servido, ya que hacía tiempo que había perdido el aparato. No bailaba porque no sabía bailar, en cambio brindaba a menudo y con muchas mujeres. Se dejaba interrogar y, también, tocar el gorro de dormir, el batín y el cofrecillo del tremógrafo. No quiso extraerlo para evitar que sufriera daños. Pero al final, en algún momento se encontró tanto bailando como extrayendo el tremógrafo, con el cual hasta intentó medir un temblor femenino; sin embargo, al tratarse solo de la parte inferior del mismo, el instrumento no servía. Llegado cierto punto, Shimamura se había empezado a sentir bastante indispuesto; pero luego, a medida que bebía, se entonaba cada vez más.

Las horas discurrían ruidosas. Hacía rato que se bailaban polonesas. «Ahora podría irme a casa», pensó, cuando vio como una muchacha, disfrazada de pez u ondina, tropezó en la polonesa, dio consigo en el suelo y ya no logró incorporarse. Durante algunos compases consiguió impulsarse sobre las rodillas, pero luego se desplomó de lado. El cortejo se le acercaba sin miramientos. La muchacha encogió la cabeza entre los brazos, combó los dedos como garfios alrededor de las orejas y empezó a sufrir convulsiones. De su disfraz se desprendieron grandes escamas verdes, y la corona de conchas se le cayó del pelo negro. Alguien se inclinó sobre ella y recibió una patada. Después, la muchacha se revolcó, propinando coces y golpes. Shimamura confió el tremógrafo al más borracho de sus vecinos de mesa, uno que difícilmente podía salir corriendo con el aparato, y se internó en la pista de baile. Se abrió camino entre los bailarines, observó al pez convulso durante un rato desde arriba y no sacó nada en claro. Para ser una epilepsia las patadas eran demasiado consecuentes. Para una histeria, la expresividad parecía insuficiente, y también faltaba por completo el famoso arco de Charcot. Lo que gritaba —si es que gritaba y no solo boqueaba para tomar aire— lo engullía la polonesa. «Necesita agua con urgencia», pensó Shimamura, y barrió la borrachera de su cerebro, ejercicio que dominaba bien desde Berlín, gritó «Soy médico», y se arrodilló sobre escamas y conchas rotas. Entonces, por fin, los bailarines retrocedieron.

Al cabo de media hora seguía sin tener nada claro. No había recurso médico que se prestara. El agua primero fue rechazada de un manotazo, luego bebida con avidez, regurgitada y escupida. Shimamura le tiró el tercer vaso a la cara, lo que provocó una vistosa parálisis facial periférica en el lado izquierdo que, sin duda, no era tal. El pulso, tenso, entrecortado. Palidez perioral, propia de la escarlatina. Luego, la muchacha trató de reptar con las manos como hace la foca con las aletas. Y por fin profirió un balido, un ladrido. Le salía de las entrañas. Alguien gritó: «¡La familia!».

—Te cogí —susurró Shimamura. A sus espaldas había gente, personas de bien sin disfraz, un joven de barba recortada, un hombre mayor pálido con perilla y una matrona furiosa vestida de gris, y todos clamaron «Franziska». Esta ladraba con desesperación.

—Le pido perdón —le dijo Shimamura al de la perilla, el más cercano a él, y su alemán le salió algo exótico—, le ruego humildemente… no es… señor padre de Franziska… no es de ningún modo… soy médico. —Y entonces se inclinó sobre la enferma y la sometió a algo que, según temió luego, se parecía a un beso con la boca abierta.

Despertó en una sala adjunta, en el suelo, tendido de costado en posición estable y con el gorro de dormir entre los dientes. Lo expulsó y se incorporó. Música de baile amortiguada desde la sala, decorados recogidos; a cierta distancia, dos camareras acaloradas y, sobre una silla, el hombre de la perilla.

—¿Dónde está su hija —preguntó Shimamura Shunichi—, y dónde está mi tremógrafo?

—Su madre se la ha llevado a casa. ¿Su qué? —El hombre se inclinó sobre él—. No soy su padre. —Sonaba aliviado—. Soy su médico de cabecera. ¿Se encuentra usted mejor?

—Ella se ha restablecido de buena gana, ¿verdad? —El alemán de Shimamura seguía chirriando.

—¿Qué es lo que busca? —repitió el hombre de la perilla. Luego comenzó a explicarle la epilepsia y a disculparse con desmaña por la mordaza del gorro de dormir. Shimamura dio instrucciones a las camareras para que buscaran el tremógrafo. Entonces se percató de que su mano izquierda presentaba espasmos. Más que de espasmos se trataba de coleteos ajenos a su influencia. Sujetó la mano con la otra, pero esta enseguida se zafó de un coletazo.

—¿Se ha curado la muchacha? —repitió Shimamura—. Shimamura. Mucho gusto.

—Breuer —dijo el médico—. Se habrá curado en cuanto… —Cohibido, se señaló los labios.

—¿Qué le pasa a la muchacha? —preguntó Shimamura.

—La tensión arterial.

—¿La tensión arterial?

—Sí. No. Neurosis. Hace rato que está guardando cama en casa. Se escapó para venir al baile. Tiene dieciséis años, la familia…

Las camareras llegaron corriendo con el tremógrafo. Shimamura lo recibió con alivio y, por no haber silla a la vista, se sentó sin más encima.

—No soy epiléptico, señor Breuer —dijo Shimamura—, y ahora voy a irme a casa tranquilamente. Le agradezco su ayuda y espero no haber llegado a pegarle durante mi desmayo.

—¿Puede acabar con eso? —Medio en reproche, medio fascinado, el doctor Breuer apuntó a la mano de Shimamura, que botaba y rebotaba sobre su rodilla.

—De momento, no. Con el tiempo, seguro.

—Y usted es…

—También soy médico. —Shimamura se levantó, pero sintió vértigo y tuvo que volver a sentarse. Le habría gustado ir a casa para estudiar a solas la mano aleteante. A modo de prueba, la tapó con el gorro de dormir, pero este salió despedido al instante—. Neurólogo —puntualizó—, y actualmente en el Bründlfeld.

—Comprendí francamente mal la escena de antes —empezó, despacio, el doctor Breuer—. Desde mi llegada, desde su…, desde que usted…, desde que la señorita Franziska… no sé cómo denominarlo…, señor…

—Shimamura —dijo Shimamura—. De Tokio.

—Tokio —repitió el doctor Breuer, anonadado. Todos los enigmas de la noche parecían cuajar en esta palabra. Incluso se tocó la perilla. Shimamura no pudo menos que sonreír. Por desgracia, de pronto era todo el brazo izquierdo el que se agitaba en el aire—. ¿Qué tipo de neurosis?

—Se han juntado varios desencadenantes —murmulló Breuer—: peces, baile, la escapada de casa…

—¿Peces?

—Hubo un suceso en un acuario… ¿Tokio?

—Si no tuviera la cara emborronada debido al carnaval —dijo Shimamura con mansedumbre—, apreciaría usted enseguida mi aspecto extremooriental y no se extrañaría tanto de mí. ¿Acuario?

—Es complicado —dijo Breuer—. Un acuario y su menarquia. Ambas cosas se mezclaron y se le grabaron, pero no es momento para contarle la anamnesis completa. Cuando antes usted…, al entrar yo…

Poco a poco, a Shimamura empezó a dolerle el hombro. Además, la borrachera fue volviendo lentamente. Tragó, luego hipó, después tragó de nuevo.

—No fue un beso —dijo Shimamura—, es complicado, y usted no me creerá, es un truco, un viejo truco japonés, una especie de purga, de tipo médico, se entiende, de tipo neurológico, en cierta manera oral…

—Y comenzó a tener un hipo terrible.

—Dios mío —dijo el doctor Breuer. Ayudó a Shimamura a ponerse de pie—. Mi consulta está a la vuelta de la esquina. Vamos allí y le doy algo que aplaque su crisis espasmódica. —Trató de inmovilizar el brazo danzante de Shimamura bajo el suyo, y al ver que no podía, sujetó el otro. Con la segunda mano cogió el tremógrafo. Shimamura, entre hipos, boqueos y jadeos, dijo: «No es necesario, muchísimas gracias». Partieron. Las calles estaban cubiertas por una nieve gris de superficie congelada. Aquí y allá, gente disfrazada de carnaval y algo perdida atravesaba la noche con paso serpenteante. Hacía un frío gélido y había placas de hielo en la calle. La consulta del doctor Breuer no se encontraba a la vuelta de la esquina. «Qué hombre más bueno», pensó Shimamura. Se sostenía en su codo.

Una vez que hubo entrado en calor, le ofrecieron té y galletas británicos. Se libró de todas las afecciones previas gracias a una dosis de hidrato de cloral. Y sentado como un Buda con medias sobre la *chaise-longue* del doctor Breuer, Shimamura le relató una larga historia, en la que a menudo se repetía la frase «ya no lo recuerdo».

TRECE

Desde los sinsabores que le ocasionara la señorita Pappenheim, y que seguían obsesionándolo casi a diario en sueños y con recuerdos fugaces y confusos pese a remontarse a más de diez años, Josef Breuer procuraba reducir lo máximo posible el diálogo con el paciente que se hallase en su consulta, si bien con poco éxito. Procuraba, también, evitar la neurología, la Facultad de Medicina, toda suerte de hipnosis, incluso cuando esto simplemente consistiese en aplicar monótonas caricias en una mano al borde de la cama. Asimismo, eludía al doctor Freud. Un buen día, por una cosa o por otra, el doctor Breuer había acabado cediendo a las incesantes lamentaciones de Freud —que tenían su propio toque hipnótico— de que era su deber «esclarecer de una vez la sombra *pappenheimiana*» y enriquecer la ciencia con un libro que tomara ese caso como punto de partida y, sobre todo, aclarara a la opinión pública los pensamientos del propio Freud, cada año más borboteantes. Desde entonces, la histérica Pappenheim no solo se le aparecía en sueños, sino también sobre el papel, y eludir a Freud se había vuelto por completo imposible mientras no hubiera culminado el maldito libro.

Aparte de contar con una próspera consulta privada en la calle Brandstätte, atender en calidad de médico de cabecera a muchas familias de bien con numerosas hijas y tratar a Freud, quien venía a verlo constantemente para quedarse sentado, fumando y hablando, al doctor Breuer le gustaban mucho los animales. Cada vez que creía haber perdido su fe en la ciencia, ellos se la hacían recobrar. Había habilitado como laboratorio un cuarto de su consulta y se pasaba en él horas y horas, induciendo, mediante pequeñas centrifugas, el vértigo en cangrejos y renacuajos o rebanándole a un gato el nervio vestibulococlear, tras lo cual el felino permanecía largo rato sentado pacíficamente sobre una peonza, sin nistagmo[6] de la cabeza o de los ojos. «Se interesa usted por el vértigo», constató Freud. Breuer no le dio respuesta. En cambio, le dio una cesta con gatitos sordos para su hija Mathilde.

6. Oscilación espasmódica del globo ocular alrededor de su eje horizontal o de su eje vertical, producida por determinados movimientos de la cabeza o del cuerpo y reveladora de ciertas alteraciones patológicas del sistema nervioso o del oído interno.

* * *

El doctor Breuer no sabía por qué aquel japonés loco surgido por ensalmo en una noche de carnaval estaba dando al traste con sus buenos propósitos de no dialogar con el paciente. Y es que la cosa no quedó en aquellas primeras explicaciones. El japonés, casi apremiado por Breuer, regresaba una y otra vez para continuar con su relato. De diagnóstico fácil a primera vista (psicosis, manía demoniaca), pero imposible cuando se intentaba profundizar, se sentaba en la *chaise-longue*, tomaba té sin ocultar su repugnancia y no paraba de hablar. Su alemán, aun siendo perfecto, sonaba absolutamente a japonés, lo que a Breuer le suponía un enigma. Desde la aparición del nuevo conocido, que no era tanto un paciente, sino más bien un huésped peculiar que parecía agobiado por el destino, Josef Breuer empezó a descuidar a los gatos, a los cangrejos y el libro sobre Pappenheim. Abandonó a Franziska Von W. al cuidado de sus padres y a su neurosis, y fingía que no estaba cuando Freud venía a verlo. Prefería frecuentar la Biblioteca de la Corte. En las estanterías de estudios orientales, por mucho que buscara, el Japón no figuraba, como si no existiese. No sin cierta sensación espeluznante, decidió convidar al japonés a cenar. Al fin y al cabo, se trataba de un colega, padeciera lo que padeciese. La esposa de Breuer y sus hijas de corta edad quedaron entusiasmadas con él y entraron en un estado de agitada y pueril emoción. El japonés hablaba brevemente de mielitis, luego de arquitectura vienesa y de Clemens Brentano. Tras acabar aquella velada, Breuer prefirió invitarlo de nuevo a su consulta, donde trató de reconducir el asunto de modo racional.

Shunichi Shimamura o Shimamura Shunichi, de treinta y dos años, aspecto juvenil y asténico, se quedó sin diagnóstico neurológico e internista después de un corea espasmódico del brazo derecho, que remitió de inmediato con la administración oral de 0,5 gramos de hidrato de cloral. Parecía siempre un tanto acalorado, con los ojos brillantes y el pulso alto y excitado, como un tísico; pero el termómetro no indicaba fiebre y la auscultación pulmonar no dio resultado. Excepto una tía con cretinismo, la familia de la que procedía era ordenada y exenta de taras, en concreto, venía de la ciudad de Takasaki, ubicada en la provincia de Kosuke, que a consecuencia de una reforma agraria se había transformado en la ciudad de Maebashi, situada en la prefectura de Gunma; para su propia extrañeza, el doctor Breuer pudo memorizar enseguida todas aquellas palabras, mientras que el nombre de su paciente se le resistía.

Tras una adolescencia apacible y aplicada, el joven había sido enviado a Tokio para estudiar una materia a la que, de manera muy natural, se refería con el término de «medicina». Sin embargo, de su relato se desprendía que, en su lugar o de forma complementaria, había frecuentado las enseñanzas de un exorcista que, según la costumbre oriental, curaba a los enfermos expulsando entidades con las que no terminaban de cuadrar del todo conceptos cristianos como demonio o incluso diablo. En esta función y, al tiempo, con la *Patología de las enfermedades mentales* de Wilhelm Griesinger en la maleta —lo que embrollaba aún más la historia—, el emperador en persona, al parecer muy interesado en el quehacer de los médicos o, en su caso, exorcistas, lo mandó a una región remota para «curar el zorro». Tal zorro —había oído bien: «el zorro», y no el chorro (de babas) endémico en la zona— era una molestia de difícil definición, que tenía su origen en los cultos del sintoísmo y solía atacar, ante todo, a las mujeres, especialmente en verano. Una mujer «poseída por el zorro» —o mejor: «pinchada por el zorro», tal y como el japonés manifestó reiteradas veces con jocosidad crispada— mostraba, por un lado, síntomas que Shimamura describió perfectamente con conceptos de la medicina occidental. Pero por otro, le sobrevenían toda clase de manifestaciones vulpinas, hasta el extremo de transmutarse por completo en dicho animal. Describió ese efecto en un lenguaje ya sobrio, ya florido, pero en todo momento dotado de matices sexuales; luego, de repente, afirmó no acordarse de nada; al final, reanudó la descripción, esta vez en términos charcotianos (su famoso arco, *clownismo).*

La irrupción de Charcot en el relato del extremooriental terminó por despistar totalmente al doctor Breuer. De pronto, era incapaz de concentrarse y reprimía imágenes mentales hilvanadoras de distintas asociaciones de ideas, entre ellas, los gatitos de su laboratorio, la señorita Pappenheim y las tres colegialas de la opereta *Mikado*. Shimamura, que, para un oriental, poseía una empatía asombrosa, de repente exhibió copias alemanas de sus exámenes de Medicina e instó a Breuer a mirárselas detenidamente. De hecho, parecían legítimas, pero no ahuyentaron sus imágenes internas. En adelante, el doctor Breuer se dirigió al japonés con marcada deferencia, tratándolo de «querido colega». Observó en sí mismo un sentimiento de vergüenza.

Según entendió Josef Breuer, al exorcista del zorro se le aplicaba también el concepto chamánico de «vasija», porque acogía dentro de sí mismo a los zorros que abandonaban a los posesos. En este punto, los pensamientos de Breuer volvieron a hacerse un lío: la palabra «vasija», con su atroz banalidad pasiva, le provocó vehementes sensaciones de asco que al instante se extendieron hasta su huésped japonés, sentado en su *chaise-longue* como un balde sucio repleto de secreciones de mujeres enfermas. Mezclado con la conceptualidad charcotiana y el maldito Griesinger que el japonés no paraba de mencionar, ese asco fue cobrando una relevancia cada vez mayor, como si también en Breuer pudieran haberse acumulado zorros que hubiese absorbido a lo largo de su actividad médica por equivocación o, incluso, con intenciones curativas. Por si no hubiera bastado, se acordó de que en el alemán barroco la palabra «zorro» se usaba, en el habla coloquial, para «vómito»; en Grimmelshausen figuraba con ese significado. Por un momento, estuvo a punto de señalarle a su huésped la puerta.

—No creo que *de facto, in natura, in persona, in animale,* haya un zorro o varios en mi cuerpo —explicó el japonés—, pero desde entonces, subsiste la sensación de que mi interior no me pertenece solo a mí. —Al decirlo, miró a su interlocutor con mirada de galeno, pues este transpiraba y, probablemente, su lenguaje parecía algo comprimido.

Josef Breuer se levantó a abrir la ventana.

—Solo quiero ventilar porque el aire está cargado —dijo—. Voy a ventilar para que entre aire fresco.

La mirada de Shimamura se volvió aún más galénica.

El problema no se centraba en el zorro como tal. Más bien parecía que el japonés consideraba al suyo —pues a medida que avanzaba la historia decía cada vez más claramente «mi zorro», como si se tratara de una mascota un tanto brava, pero medianamente querida— no solo una carga, sino también un instrumento para aumentar su sensibilidad diagnóstica y sus dotes curativas. En cambio, el quid parecía estribar en cierto elemento de la historia que el japonés no recordaba sino de forma vaga y, a veces, nula; era ahí donde Breuer presumía que radicaba el trauma que operaba en el presente caso. Podían distinguirse en él dos actores: una joven paciente aquejada de zorro, por lo visto muy guapa y al mismo tiempo enervante, a la que Shimamura se refería con la letra K., así como el auxiliar de Shimamura, un chamán todavía juvenil que le asignaron en Tokio. Dicho auxiliar, un muchacho lanzado y desacomplejado en lo sexual, hablador y fumador impenitente, había sido víctima total del rechazo por parte de la memoria de Shimamura, hasta tal punto que ni siquiera recordaba su nombre.

Según parecía, el auxiliar, en muchos aspectos, había superado con facilidad a Shimamura: sus exorcismos se realizaron con mayor rapidez, los posesos y sus familias a menudo lo prefirieron al maestro, soportó mejor el calor y la suciedad, se defendió mejor sobre el terreno y, en general, fue más robusto y alegre. Finalmente, en el caso de la paciente K., el anónimo joven, al que el japonés siempre mencionaba con la frente arrugada y leve pérdida de sus conocimientos de alemán, triunfó de manera definitiva: junto con K., el auxiliar se metió en una especie de mundo onírico infantil, religioso y, a la vez sin duda, amoroso, en el que Shimamura no fue admitido, ya fuese porque se aferraba al Griesinger —entrara este o no en el asunto—, ya fuese porque le faltaba la verdadera devoción del exorcista. Según aquellos indicios, el escándalo se produjo de algún modo sobre el tejado de una casa.

—Y el estudiante se fugó y no volvió a aparecer —dijo Shimamura con la frente arrugada—. ¿Ahora puedo hablarle del profesor Charcot?

El doctor Breuer lo declinó de forma categórica. Exigió la reminiscencia de lo que acababa de contarle, y al ver que Shimamura se negaba y se disponía a referir una anécdota sobre Jean-Martin Charcot, sacó un oftalmoscopio de Helmholtz del bolsillo de su chaleco y pidió permiso para efectuar la hipnosis. Entonces el japonés se puso de pie y se escabulló con una excusa.

No obstante, a la siguiente sesión se presentó puntual. Esta vez traía una libreta de apuntes. Explicó que los mandarines y bonzos del emperador que le habían costeado el viaje al extranjero ciertamente tenían interés en los métodos de la sugestión traumática y en el fenómeno de la contravoluntad histérica. Añadió que, en el ínterin, había leído las disertaciones de Breuer en la *Wiener Medizinische Presse,* y que ahora lo entendía todo mejor. Le rogó que le transmitiera un sentido saludo a su coautor, Freud, por haber traducido de forma tan bella a Charcot al alemán, ahorrándole a él, Shimamura, una gran vergüenza en París. Con estas palabras abrió expectante su libreta.

El doctor Breuer se quedó algo atónito. La situación lo contrariaba. Una euforia curiosa y francamente infantil se había apoderado de él ante la perspectiva de que Freud iría a parar en cualesquiera anales del Imperio japonés como venerable liberador de la vergüenza o bajo otro título de similar ridiculez. ¡Él mismo había sido presa de vergüenza en cuanto el japonés utilizó justo esa palabra, «vergüenza»! Y con esto volvió a pensar en la idea de la repugnante transferencia del zorro. Aunque Shunichi Shimamura o Shimamura Shunichi —el nombre no acababa de adherirse a su memoria— de ningún modo tenía una personalidad cargante y, para ser un enfermo de demencia, era extremadamente educado y discreto, Breuer se sentía tan machacado por él como no se había sentido en años con paciente alguno. Además, la libreta invertía la relación de manera extraña, casi inquietante: parecía que Shimamura lo examinaba a él, y no él a Shimamura. Como si hubiese sido Josef Breuer, quien, sumido en una confusión amorosa y enfadado por los celos, hubiera estado sentado en un tejado del Japón con una geisha medio desnuda llamada K. y con un joven colega demasiado lanzado, con demasiado talento, para luego desbancar de su recuerdo cuanto allí hubiera sucedido a fin de proteger a su propio yo. Aquel tejado, que Shimamura solo mencionó de refilón, en la fantasía de Breuer había adoptado la dimensión de un escenario oriental muy pintoresco, con azulejos, crisantemos y arcos mudéjares bañados por la luna llena. El ambiente era, como no, erótico, pero al mismo tiempo podía imaginar cierta ansia asesina. El doctor Breuer pidió al japonés que retomara el hilo en la escena del tejado y por lo pronto apartara la libreta, y el otro la cerró dócilmente y contestó: «Ya no me acuerdo». Entonces Josef Breuer insistió. Insistió y siguió insistiendo. Lo hipnotizó de firme como mejor pudo, sin herramientas y en secreto, y el japonés sonrió y dejó de sonreír: su mano, esta vez la derecha, empezó a tener espasmos y su cara obstinada terminó invadida por las lágrimas.

Fue así como la verdad salió a la luz. En efecto, había tenido lugar un crimen. El joven auxiliar se había caído primero del tejado, luego por el acantilado, siempre hablando y encendido por un encuentro sexual con K.; y no había sido un accidente. Se produjo, pues, el peor de los casos que podían producirse en el uso del método catártico: sentado en la *chaise-longue* de Breuer, un asesino lloraba lágrimas de espanto y de alivio, reproduciendo la horrorosa escena del acto cometido y restableciéndose gracias a su confesión. Los espasmos de la mano aminoraron. Las lágrimas se agotaron. Dejó escapar un gran suspiro. Una vez más, Breuer se levantó a abrir la ventana, y se detuvo allí, con la cabeza muy asomada. ¿Qué exigía la moral, la ley, el deber médico, en semejante caso? Le sobrevino el deseo de gritar «¡Policía!, ¡policía!», como la abuela del guiñol en el Prater. Luego se impuso la calma. ¿Qué iba a saber uno del Japón? ¿Qué sabía uno de los chamanes? ¿Qué ley regía para ellos? ¿Sería que el discípulo pertenecía al maestro, como una herramienta o pócima mágica, y este podía, es más, tenía el deber de deshacerse de él si le superaba? ¿Se había convertido el acto asesino en un trauma por la sola razón de que el japonés hubiera viajado a Europa y se encontrara allí confrontado con costumbres europeas, el derecho europeo, Griesinger, Charcot y Breuer? Eso es, ¿qué sabíamos del Japón? El doctor Breuer, más calmado gracias al fresco invernal, decidió consultar el asunto con la almohada o, tal vez, probar de nuevo suerte en la Biblioteca de la Corte antes de emprender cualquier acción. Cerró la ventana y regresó a la *chaise-longue,* donde durante largo rato estrechó cordialmente la mano del japonés, quien lucía un aspecto algo petrificado.

* * *

Josef Breuer decidió no emprender acción alguna. Tampoco visitó la Biblioteca de la Corte. Lo que hizo fue precipitarse para ver a Freud y comunicarle que quería abordar el proyecto de su libro común enseguida, que de tanto aplazarlo se le había puesto rancio. A Freud le pareció sorprendentemente jovial y animoso, motivo por el que le preguntó si había tenido buenas noticias o si el ensayo con los gatos había dado sus frutos. En vez de responder, Breuer se interesó por la salud de Freud y de toda su familia, y con énfasis, como si fuera su médico de cabecera. Extrañado, Freud le aseguró que todos se encontraban bien. Entonces Breuer comenzó a reír, y Freud lo acompañó en la risa; al fin y al cabo, Josef Breuer había sido su profesor y él aún se sentía obligado con él. Así que permanecieron riendo un buen rato. Después Breuer dijo:

—He expulsado un espíritu de zorro de una persona, y no fue un sueño, sino una terapia. —A continuación, le relató el caso de Shimamura. Omitió muchas cosas; en realidad, todo. Lo que quedó fue el Japón y el animal en el cuerpo del paciente.

El doctor Shimamura continuó con su estancia de alumno en prácticas en el Bründlfeld. Como el doctor Freud era un chismoso, en el hospital, cada vez más a menudo, se veía asaltado por el término «espíritu del

zorro». Los colegas, los estudiantes y hasta los enferme-
ros y el mismísimo profesor Julius Wagner Ritter von
Jauregg, en cuya ronda de visitas participaba Shimamura y quien no era en absoluto un hombre de humor,
le tomaban el pelo con aquella expresión. Shimamura
no sabía muy bien qué replicar. «El diálogo analítico
como método curativo de la histeria traumática es inú-
til para el Japón por ser contrario a nuestro sentido de
la cortesía; además, se prolonga demasiado», escribió
a la comisión de becas. En el otoño de 1894 regresó al
Japón.

Catorce

Poco después de regresar de Europa, el doctor Shimamura fue trasladado a Kioto, lo cual, probablemente, constituía un honor. Recibió la habilitación docente para Neurología y Psiquiatría en la Prefectural Universidad de Medicina y, al cabo, fue nombrado también director del nuevo hospital clínico universitario de Neurología. Se consideraba fogueado para el conjunto de estas tareas. Seguía con fiebre. Aún palpaba, a veces, cosas bajo la pared del vientre, cosas que recordaban a una hernia inguinal, o quizá no. Desechó que aquello pudiera obstaculizar su carrera.

Era querido por los estudiantes. Su clase de Medicina Forense tenía particular atractivo, aunque él nunca había estudiado tal disciplina. Profuso en detalles, con material ilustrativo y anécdotas dilatadas y atroces, que a menudo presentaba con esa mínima sonrisa que no llegaba a levantar su bigote ni un poquito, enseñaba conocimientos y métodos de la medicina legal. Durante horas, días, meses y años, exponía nociones sobre heridas de arma blanca y estrangulación, agua en los pulmones y sangre en los cerebros, toxicología y lesiones de autodefensa, pelos y trozos de piel bajo las uñas. Lo psiquiátrico solo lo tocaba de pasada. Cuando el tribunal le pedía dictámenes sobre la capacidad de culpa de un reo, declaraba loco a cualquiera tras una breve lectura del caso, meciendo la cabeza como queriendo decir: nunca se sabe.

Desde que el profesor Sakaki dejara de apremiarlo, su labor científica fue pasando a un segundo plano por momentos. Durante un tiempo, aún se dedicó a colorear cerebros con carmín, pero en Kioto los cadáveres siempre escaseaban, porque los familiares enseguida los ponían a resguardo; además, tampoco había carmín. Sola y únicamente en casos raros y muy interesantes guardaba bajo llave al fallecido sin pensarlo dos veces, pero apenas el ordenanza de la sección abría la tapa del cráneo, se aburría y cedía la autopsia a sus alumnos.

Tampoco se prodigaba en el laboratorio de animales. Se observó en este un fenómeno que fue materia de risa. Los gatos, las ratas, los conejillos de Indias, incluso los reptiles, le mostraban tanto apego que los experimentos se hacían casi imposibles. Aun anestesiados, envenenados, electrificados o sometidos a vivisección, los animales de ensayo competían por su favor, frotándose contra él, mordisqueándole los dedos o pegándose a su bata. Un estudiante logró una fotografía en la que el profesor aparecía cubierto entero de ranas, y lucía una expresión de desvalido. La toma dio lugar a una variada suerte de apodos. Ninguno prosperó.

Shimamura reordenó los cuidados neurológicos con cautela y empatía. Veía con malos ojos la competencia que proliferaba por todas partes y despotricaba contra ella —loqueros privados que con frecuencia se establecían cerca de templos y santuarios para ofrecer, previo pago al contado, toda clase de curas extrañas, como si nunca hubiese existido una reforma de la medicina—. Pero incluso en esos momentos tampoco le faltaba su tenue sonrisa.

Las colchonetas de pared que le dieron fama databan del año 1898. Una joven madre, afectada de delirio por saturnismo, había perdido un ojo al golpearse contra una arista afilada. Fueron médicos ayudantes y no artesanos los que tomaron las medidas de las paredes para que todo se ajustara al reglamento, y cuando se colocaron las colchonetas fueron igualmente médicos ayudantes los que vigilaron la operación. Shimamura estudiaba los bocetos e impartía las órdenes. «Su espíritu siempre está con sus pacientes —decían los alumnos—, pero su cuerpo prefiere el escritorio.» Después de su innovación más audaz, la creación de secciones de sexo mixto, se le volvió a ver con mayor frecuencia a pie de cama. Ahora las mujeres ya no se apelotonaban en torno a él, sino que se hallaban bien distribuidas y ya no recordaban tanto a las ranas tan necesitadas de amor del laboratorio de animales.

A lo largo de dos décadas, aproximadamente, el doctor Shimamura dedicó una gran cantidad de energía a ocultar la reacción inusual de sus pacientes ante su persona. Las eludía. Se rodeaba de ayudantes y, en las visitas, se mantenía en el centro del grupo. En los exámenes, para despistar, hacía acudir a enfermeras, familiares, niños y animales, o administraba previamente una generosa dosis de narcóticos.

Solo una vez al año, más o menos, siempre en verano, se retiraba con una paciente a su consultorio y la curaba. Lo hacía de noche, cuando todos dormían y nadie podía sospechar que se estuvieran realizando actividades médicas, cuando los gritos se tomaban por aquellos proferidos en sueños o provocados por la demencia y no por alaridos del director del hospital clínico. Porque, al acabar de curar a la susodicha, gritaba indefectiblemente, es más, en ocasiones ladraba. Las pacientes de aquellas noches no constaban en las estadísticas de enfermos. Shimamura Shunichi ya nunca más recobró su salud.

Sin hijos y con escasa curiosidad por la vida pública y los entretenimientos, una vez concluida la jornada se dedicaba a multitud de temas interesantes. Estudiaba las ciencias agrícolas, la institución militar, la planificación urbana y viaria, la recitación en el teatro Nō, Nietzsche, los Upanishads y la pintura barroca italiana.

Tras el cambio de siglo, que, curiosamente, lo angustió mucho e incluso le desencadenó un acceso de fiebre que lo ató al lecho durante semanas, comenzó a investigar el motivo del zorro en la tradición del Japón antiguo y acabó convirtiéndose en una especie de experto en la materia.

Analizaba viejas estampas y manuscritos que sacaba de una mal organizada biblioteca para llevárselos a casa e importunar a su esposa con su revisión y transcripción. Sospechaba que Sachiko se aburría tremendamente, y que la confección de resúmenes al servicio de la ciencia sintonizaba mejor con su carácter que el trabajo caritativo con locos. Obediente y con gesto parco, Sachiko hizo el inventario de todas las transformaciones de la diosa Inari, tal y como se documentaban en los viejos escritos, y siempre que había reunido una docena, le entregaba la lista a su marido. La Inari con forma de zorro era blanca como la nieve y tenía varias colas. Con cuatro colas había empezado antaño su vida divina y después había ido adquiriendo otras cien siglo a siglo, hasta que hoy día, en este triste y tardío tiempo universal, ostentaba tantas que ningún número humano era capaz de dar cuenta de ellas. Pero al mismo tiempo, había mantenido las nueve colas. Y a la vez era araña y serpiente. A menudo, se acompañaba a sí misma metamorfoseada en su propio lacayo, un zorro alado con una sola cola. Y, simultáneamente, era un bodhisattva o, a veces incluso siete, además de ser el agua, el cereal y la tierra. Ella era un él y un ello.

—Van a ser muchas listas, querido —dijo Sachiko cuando hubo llenado las primeras cincuenta páginas; devolvió por resolución propia todos los documentos a la biblioteca e inició una correspondencia con el abad del santuario de Fushimi. Este no quiso saber nada de zorros, deseaba donativos y que le enviasen un fotógrafo para que realizara unas tomas destinadas a las tarjetas postales de su lugar sagrado. Llegado a ese punto, Sachiko se retiró de cualesquiera investigaciones vulpinas. Comenzó a clavar ramitas en bolas de musgo que colgó de los techos mediante hilos largos e invisibles para que su bamboleo proyectara sombras distintas y afiligranadas a cada hora del día.

En 1903, el doctor Shimamura fundó una asociación para la investigación mitológica, la cual se propuso recopilar cuentos populares del campo sobre el zorro, inspirándose en el trabajo de los hermanos Grimm. Muchos de sus ayudantes, en realidad todos, se afiliaron a la asociación, pero esta no generó verdadero entusiasmo. Aunque había querido evitarlo, fue él mismo quien terminó recorriendo la campiña para sonsacar a las abuelas historias del zorro. Hasta las más ancianitas reaccionaron de forma extraña ante su persona; sin embargo, consiguió reunir una gran variedad de material que después clasificó en función del tema, de la región y de la calidad del relato. De vez en cuando narraba él mismo historias sobre casos de zorro: de machos que, coronados con lentejas de agua, se inclinaban ante las Siete Estrellas del Norte; de hembras que se peinaban la cola a contrapelo hasta que echaban chispas doradas; de cómo unos zorros se transformaron en cedros, fuegos fatuos, bolas de algodón o umbrales de puertas; de cómo diez mil dioses saltaron del ojo de un raposo; de cómo Kannon, diosa de la misericordia, perdió la paciencia con ellos. Las historias que más gustaron a Shimamura fueron aquellas en las que una zorra se casaba con un hombre humano, cuidaba de su casa, daba a luz a sus hijos, le tejía sandalias, bregaba en el arrozal y, al destaparse su secreto, moría. A veces, contaba estas últimas de cabo a rabo y con cierta conmoción. En la Prefectural Universidad de Medicina de Kioto fueron surgiendo nuevos apodos para el profesor, pero una vez más, ninguno prosperó.

Con los años, fue naciendo una bonita colección de xilografías de motivo vulpino. La mayoría mostraban a Inari y a su corte, y pocas eran de contenido escabroso. A diferencia de la colección de cuentos, que se perdió sin rastro, las xilografías suscitaron gran interés. Fueron, en particular, europeos residentes en Kioto quienes, en su calidad de extranjeros honoríficos, tenían la misión de promover la modernidad en el Japón, y fueron ellos mismos los que preguntaban por aquella colección sin cesar. Shimamura detestaba sus visitas. Cada vez que venía un extranjero, usaba un alemán pésimo, se disculpaba constantemente y solo destapaba durante un segundo cada hoja de su colección. Pronto corrió la voz de que el profesor Shimamura no era nada amable y no estaba dispuesto a entregar como *souvenir* ni siquiera los zorros más anodinos. Entonces las visitas disminuyeron.

En 1916, por razones de salud, dimitió de todos sus cargos. En las celebraciones que homenajearon su obra, como los discursos de jubilación, los actos solemnes o las ceremonias de desvelamiento de alguno de sus retratos, solía hacer que su esposa, su madre y su suegra le representaran. Se sentaban en la primera fila cual tríada y daban las gracias en su lugar.

Quince

A principios de mayo de 1922, cuando ya reinaba un calor veraniego, el doctor Shimamura recibió una carta de Tokio; era de su viejo amigo y colega Takaoka Yoshiro, quien le anunciaba que viajaría a Kioto por razones de trabajo y que quería visitarlo en Kameoka.

A Shimamura le sorprendió que su esposa no escamoteara aquella carta, sino que se la entregara con absoluta naturalidad. Pero resultaba perdonable, ya que en la carta no se mencionaban xilografías ni colchonetas de psiquiátrico y el señor Takaoka era un viejo amigo y colega. Además, Sachiko parecía alegrarse de que el señor Takaoka fuera a verlos, de modo que Shimamura contestó por carta, proponiendo una fecha para el encuentro. No había oído el nombre Takaoka Yoshiro en su vida.

Aguardó malhumorado la visita. Como había sentido una leve mejoría de su salud durante los últimos meses, decidió no recibir al señor Takaoka en cama, como un moribundo, sino para el té de la tarde. Era esta una costumbre implantada por Sachiko y Hanako, y consistía en sentarse alrededor de una mesa y masticar unos pastelitos extraños que Sachiko preparaba con polvos para hornear, envasados en sobres, que, al mezclarlos con agua, se convertían en una masa esponjosa. Sin recordar absolutamente nada sobre quién podía ser el tal Takaoka, Shimamura resolvió vestirse de manera decente, a la japonesa. Así otorgaría al episodio cierto formalismo capaz, quizá, de abreviarlo; además, de pronto consideró que llevar indumentaria japonesa en una recepción de viejos amigos era una manera de subrayar el estado de jubilación y la proximidad de la muerte. Por tanto, pidió a las mujeres que buscaran bajo el suelo hasta encontrar sus prendas de vestir.

Estaban guardadas con antipolillas y necesitaban ventilarse. Hacía años que no usaba aquella vestimenta. Sachiko llegó a afirmar que se trataba de su atuendo de boda, pero debió de equivocarse. El día de la visita, mucho antes de la hora del té, Shimamura se encerró en su habitación —en efecto, giró la llave en la cerradura, experimentando una sensación profundamente satisfactoria que en adelante se concedería más a menudo, según se prometió a sí mismo— y empezó a vestirse. El delicado nudo del cinturón le salió bien a la primera, y también enlazó el cordel de la chaqueta hábilmente en un ocho horizontal, pero a partir de ahí se enredó. Introdujo las dos piernas en una pernera del hakama. Y después acabó metiendo la chaqueta dentro de este pantalón. Luego, el kimono se salió por las aberturas laterales. A continuación, el conjunto entero se le subió, pero las cintas largas se movieron hacia abajo, de suerte que el hakama se fue quedando corto y las cintas se le enroscaron en el empeine. De mal humor, decidió volver a girar la llave en la cerradura, y de mal humor voceó el nombre de su esposa. Sachiko, con mano ágil, le fue acomodando la ropa y se la anudó con firmeza. Aun así, el ánimo de Shimamura no acababa de mejorar. Finalmente, sin embargo, examinó las distintas partes de su figura en el espejo de afeitar, y el conjunto que su cerebro compuso con estas fue de su agrado. Parecía el espíritu de un samurái tísico. En casa de un personaje así, nadie se quedaría a tomar el té más tiempo que el estrictamente necesario. Shimamura se rio. Incluso Sachiko se rio. Shimamura caminó de un lado a otro de la casa entre aquel crujido fresco y áspero que un buen hakama de seda gruesa emite a cada paso. «¡Oh! ¡Oh!», exclamó Yukiko. Sachiko removió la mezcla de hornear y envió a Anne-Luise a por recados para que no cantara su canción en el jardín. Después se produjo una larga espera.

El señor Takaoka, acompañado de su esposa, llegó conduciendo un Chevrolet de color petróleo. El vehículo renqueaba a trompicones por la destartalada calle, seguido a la carrera por todos los niños de Kameoka.

Seguramente, un Chevrolet nunca había transitado por aquel lugar hasta ese momento. Shimamura, de pie, en la entrada de la casa con su mujer, observaba cómo los Takaoka aparcaban el automóvil detrás de los membrillos, cómo él amonestaba a los niños para que no causaran daños en el mismo, y cómo ella se deshacía de varios fulares que durante el desplazamiento le habían sostenido el sombrero. El señor Takaoka llevaba un gorro de cuero de piloto de avión. Parecía contener el deseo de limpiar la suciedad que el viaje había depositado sobre su Chevrolet, de limpiarlo durante horas y horas. En un momento dado se quitó el gorro, y los dos subieron por el camino. Rozaban los cincuenta y vestían como una pareja joven sacada de una revista americana.

Los Shimamura saludaron a los Takaoka, y los Takaoka saludaron a los Shimamura. Intercambiaron cortesías sobre el tiempo, los membrillos, el Chevrolet y el paso de los años. A continuación, los huéspedes entraron en la casa. El traje del doctor Shimamura crepitaba al andar. La señora Shimamura hizo los honores. Presentó a Hanako y a Yukiko, que luego se retiraron con una excusa, pues antes de la visita Shimamura había dicho que sus nervios no aguantarían a cuatro mujeres en una mesa. El matrimonio Takaoka recibió agua para lavarse las manos. Se habló del sol, del polvo, de los automóviles y de aquella casa tan bonita. Después, Sachiko rogó a los huéspedes que pasaran a tomar el té. También la señora Takaoka conocía la mágica mezcla de hornear que estaba en el origen de los pastelitos.

Tenía los dedos del pie alargados, quizá reumáticos, habían perdido la juventud, y eran perfectamente apreciables a través de sus medias; enseñaba unos bonitos dientes al reír, y un mechón de pelo que asomaba bajo su sombrero había sido de rizado con pinzas calientes. Shimamura, con un grave y solemne crepitar, echó el hakama hacia atrás para que, al sentarse, quedara bien desplegado. Se sirvió el té. Shimamura Shunichi no había visto a Takaoka Yoshiro en su vida.

Trabajaba este en la administración municipal de Tokio, donde ocupaba un alto cargo, y su tema predilecto era una revista automovilística titulada *Speed*, para la cual escribía reportajes y columnas técnicas y, con cierta frecuencia, realizaba fotografías. Eso explicaba el Chevrolet y el estilo juvenil de la pareja, por el cual ambos formularon ciertas disculpas. Naturalmente, siguieron hablando de los años que pasaban: del tiempo que llevaban sin verse, de lo fugaz, vertiginoso e imparable de la vida. Fue entonces cuando se descubrió que la idea de establecer el diez de junio como festividad nacional del tiempo se remontaba al señor Takaoka. Esta efeméride, que se conmemoraba con dulces y adornos de papel en forma de reloj y que, sobre todo, servía para celebrar la puntualidad en el trabajo, existía oficialmente desde hacía dos años; pero el matrimonio Shimamura, viviendo como vivía tan aislado, no se había enterado de ello. El señor Takaoka parecía muy orgulloso de su día festivo, y se dispuso a explayarse sobre la cuestión, pero la señora Takaoka lo interrumpió con levísima ironía. Entonces él comenzó a burlarse debidamente de todos los fracasos que había sufrido a lo largo de su vida. Parecía que tenían un hijo algo ingrato que estaba probando fortuna en Tokio, en el mundo del cine, y también hablaron de la carrera de Medicina.

—Me ha enseñado usted tantas cosas —dijo el señor Takaoka—, y, sin embargo, fui demasiado tonto, demasiado cabeza de chorlito, para recorrer ese honorable camino, así que me hice economista.

—Así es la vida —dijo Shimamura—. Hay que ver. La economía.

—Hay que ver —dijo Sachiko.

—En fin —suspiró el señor Takaoka.

—¿Aún se acuerda de mí? —preguntó la señora Takaoka—. Me salvó usted la vida. Con su arte médico y la quinina. La malaria. Aún se acuerda, doctor, de aquel verano en Shimane de hace mucho tiempo, ¿verdad?

—Hay que ver —dijo Shimamura con voz átona—. Ay, ciertamente. Ay, la vida, la vida.

—¿Hay que ver? —preguntó Sachiko.

Shimamura clavó la mirada en la señora Takaoka, sin saber cómo salir del paso; luego, con la boca casi abierta de par en par, fijó la vista en el señor Takaoka.

—Mi mujer era una paciente —dijo entonces él, vuelto hacia la señora Shimamura—, y yo era un estudiante, y nos fugamos de casa juntos, como quien dice, nos fugamos y nos casamos en secreto, sin las familias, y después vivimos una vida desordenada, como la farándula. ¡Ay qué jóvenes éramos! Pero usted no querrá conocer todos los detalles…

—No, no —exclamó la señora Takaoka, y se tapó la cara con las manos, como si se avergonzara horrores, pero reía disimuladamente.

—Sí, los estudiantes, ya se sabe —dijo Sachiko sonriendo.

—¿Malaria? —masculló Shimamura Shunichi.

—Me duele mucho no haber mantenido el contacto —dijo Takaoka Yoshiro. A continuación, estiró el brazo por encima de toda la mesa, sacó la mano derecha de Shimamura de su manga y la estrechó en la suya.

Entonces, incluso Sachiko perdió por un momento la contención. Así que se levantó para traer más pastelitos, distintos y mejores, además de limonada, porque hacía mucho calor, y para recomponerse en la cocina. ¡Qué maleducados eran esos tokiotas con sus apretones de manos y su Chevrolet!

—Kiyo —dijo Shimamura—. No esperaba encontrarla tan bien.

—Yo era un muchacho muy tonto —dijo el señor Takaoka.

—Esa fiebre terrible —dijo ella.

Todos menearon la cabeza.

Volvió Sachiko, el señor Takaoka hablaba y hablaba, y Kiyo pasaba de la sonrisa a la risa, mientras Shimamura seguía sin reconocerlos. La imagen se fraguó paulatinamente: el señor Takaoka en el *rikshaw;* el señor Takaoka en el mesón; el señor Takaoka al pie de la cama sombría de la enferma; el joven señor Takaoka con su cámara y su trasero desnudo, sin parar de hablar… De pronto, Shimamura dejó escapar una carcajada.

—¿Todavía se acuerda usted, parlanchín —preguntó de buen humor—, todavía se acuerda de cuando éramos jóvenes… de los zorros?

—¡Los zorros! —exclamó Takaoka Yoshiro.

—¡Ay, los zorros! —exclamó Takaoka Kiyo—. ¡Ay sí! En aquel entonces todas las muchachas teníamos el zorro, cada verano, en Shimane, sobre el mar…

Las risas se multiplicaron, y los cuatro bebieron limonada.

Los Takaoka disfrutaron de la tarde, y en cierta manera también los Shimamura supieron apreciar la diversión. Dieron una pequeña vuelta por el jardín, comentando las flores y los membrillos. Shimamura maldijo la elección de su indumentaria; era ridículo afectar tanta formalidad. Los niños de Kameoka, que no dejaban de asediar el Chevrolet, lo señalaban de manera furtiva con el dedo. Las rayas cruzadas de la dura seda crepitaban y susurraban sobre la corta hierba.

Shimamura reconocía cada vez mejor al señor Takaoka. Habían pasado más de tres décadas: no se le podía reprochar que ya no fuera un joven robusto. También Kiyo acortó distancias en su mente una vez que los dedos de sus viejos pies hubieron desaparecido en las zapatillas de color crema y el tirabuzón de su cabello brillaba al sol. Pero Shimamura no sabía si recordaba en aquella mujer a la muchacha de Shimane o, quizá, a todas las muchachas, toda aquella época poblada de muchachas.

—Hay que ver —exclamó Shimamura. Fumaba los cigarrillos americanos de Takaoka, y estos le estaban sentando sorprendentemente bien a sus bronquios.

—¿Quiénes eran? —preguntó Shimamura Shunichi a su esposa cuando los huéspedes se hubieron marchado y por fin pudo desvestirse.

—¿Qué me preguntas, querido?

—¡Que quiénes eran, Sachiko! —Rara vez la llamaba por su nombre.

Sachiko sonrió. Shimamura frunció el entrecejo. Y ella se deslizó fuera de la habitación. Pero él sabía que acechaba tras la puerta. Estaría doblando en su lugar el maldito hakama después de que él hubiera renegado de la tarea tras diez intentos. El sol declinaba. ¡Qué día más largo!

«Todos mis recuerdos —escribió el doctor Shimamura en su libreta aquella noche— proceden de la *chaise-longue* de Josef Breuer en la calle Brandstätte de Viena.» Luego cogió la libreta junto con todas las demás, también todas las notas y notitas sueltas con los esbozos de su libro sobre la memoria, las llevó a la cocina, atizó el fuego y las echó a las llamas. Era culpa de Sachiko. No sabía por qué.

Dieciséis

Llegó julio, llegó agosto, seguidos de un otoño temprano en septiembre, y Shimamura no murió. Se sentía más fuerte, respiraba con mayor facilidad, dormía mejor, y su fiebre oscilaba entre los 37,3 y los 37,5 grados. La inyección de escopolamina, que se concedía uno de cada cuatro días, casi se había convertido en un lujo, que ni siquiera podía disfrutar adecuadamente porque sus sueños se volvían cada vez más insulsos: un cúmulo de anodinos disparates sexuales.

A mediados de septiembre quitó el helecho que, en su pequeña urna junto al escritorio, debía haber muerto semanas atrás. Desprovisto de raíces, languidecía medio suelto y torcido sobre la tierra.

A finales de ese mismo mes, sin causa aparente, se desgajó la manga izquierda del batín. Se deslizó sobre la mano de Shimamura y cayó al suelo. Él examinó la manga y constató que, con los años, todas las flores de lis se habían vuelto por completo transparentes, reducidas a un puñado de hilos quebradizos. Observó que el batín entero se encontraba en ese estado. Lo tiró con gran pesar tras meditarlo mucho.

Envuelto en una colcha pespunteada, se sentaba ahora a menudo en la veranda a leer el periódico. Las mujeres atendían sus tareas, iban y venían, a veces apenas le hacían caso. Fue sobre todo por eso por lo que se dio cuenta de que la muerte ya no andaba tan cerca.

Yukiko empezó a manifestar síntomas de demencia senil. En ocasiones, cuando iba al templo, no encontraba el camino de vuelta y la tenía que acompañar a casa una vecina o algún niño. También regañaba mucho. Se quejaba constantemente de su cadera dolorida, que no había mencionado en años, culpando del achaque a todo el mundo. Ya no era de ninguna utilidad en el hogar. Sachiko le asignaba pequeñas tareas para distraerla de sus lamentaciones, pero no había nada que Yukiko pudiera llevar a buen término; dejaba caer cualquier cosa y no paraba de preguntar por qué Sachiko se había tenido que casar con ese hombre que no hacía más que estar sentado. «Yo también me lo pregunto —decía Sachiko sonriendo—, pero solo papá sabía la razón». Cuando Yukiko salía a la veranda, Shimamura enseguida se metía en su habitación.

Hanako, lozana como siempre, vigilaba a su cuñada cada noche y le daba golpecitos en la espalda si su respiración se entrecortaba. Como había desistido de escribir la biografía de su hijo hacía tiempo y no encontraba actividad alternativa, eran noches muy largas y aburridas.

Todas las mañanas, la criada seguía arrastrando cubas de agua a la habitación del doctor Shimamura. Desde que, en diciembre, renunciara por entero a la escopolamina, uno de cada cuatro días se permitía el lujo de conversar con la muchacha. Ella se sentaba en el sillón de ratán y él le contaba algo. A ratos hablaba japonés, a ratos alemán, la mayor parte del tiempo mitad y mitad. Su relato versaba sobre el canal de Suez, las lenguas rosadas de los perritos de las damas de la plaza de la Estrella, los tiempos de respuesta del doctor Bidet, Josef Breuer, que permanentemente abría la ventana de su consulta, y la ofendida hija de la casera, Barbara; cuando no sabía cómo continuar, sacaba de la estantería el deshojado Griesinger para leerle en voz alta un trozo. «Si los enfermos mentales hablan de forma absolutamente normal y plausible y, no obstante, su equilibrio ético es inestable y ellos se entregan a sentimientos corruptos e inclinaciones indomables, debe presuponerse una locura razonante *("folie raisonnante")*.» ¡Qué anticuado sonaba el doctor Griesinger, con aquel mentón tan débil! Shimamura se incorporó y miró a la criada desde arriba. Ya llevaba cierto tiempo recogiéndose bien los pechos. A lo mejor Sachiko le había regalado un sostén.

—Es una pregunta poco cortés —dijo Shimamura—, pero dime una cosa, Luise: ¿qué te parece tan amable de mi persona? —Y prosiguió su relato sin solución de continuidad, pues hacía tiempo que ya no esperaba respuesta.

Entonces la criada se incorporó del sillón. Enderezó las rodillas, emparejó las manos, acomodó la cabeza. Y empezó a gritar.

—¡Nada amable! —La voz le salió de las entrañas, subió a lo alto de la cabeza y dio lugar a un rugido y a un chillido—: ¡Nada amable! ¡No! —Volcó la cuba de una patada. Shimamura se quedó consternado. La criada cogió los objetos del escritorio, tiró el Griesinger a través del papel de la ventana y un pisapapeles contra la puerta europea. Dio una gran patada en el suelo. La empapada alfombra oriental chascaba y salpicaba—. ¡Nada amable! —gritaba, chillaba, cantaba, arpegiaba. Cuando volaron las plumas de la cama, Shimamura puso pies en polvorosa. Sacó la llave de la cerradura y volvió a introducirla por fuera, después la giró dos veces. Pero Sei perforó la pared, a puñetazo limpio, según pareció, luego, en la veranda, tuvo un ataque de desenfreno. Derribó la barandilla a patadas, incluso una parte del tejado se vino abajo. Con el sillón de ratán entre los brazos, bordeó dando bramidos y como una flecha el exterior de la casa y entró de nuevo por la puerta principal. Allí se llevó por delante el perchero y dos floreros grandes. Por fin, Sachiko consiguió tumbar a la energúmena con un leño. Cuando se despertó estaba mucho más serena. Se disculpó, una sola vez, muy escuetamente y con los dientes apretados. No opuso resistencia cuando la condujeron de vuelta a Kioto. Vivió todavía muchos años en el Prefectural Clínico Universitario, y al final, ya nadie conocía su nombre ni sabía si era enfermera o paciente.

A principios de marzo de 1923, en un momento en el que había vuelto a nevar, Shimamura Shunichi vio por primera vez a un zorro. Estaba quieto entre los membrillos sumidos en el crepúsculo. Era una hembra y llevaba un cachorro entre los dientes. La luz débil que proyectaba la casa hacía que los ojos le brillaran. Shimamura se puso de cuclillas. Entonces la zorra se escapó. Pero se detuvo una vez más un breve instante y volvió la mirada, como diciendo: «Nunca se sabe».

A la mañana siguiente, el doctor Shimamura se sintió tan curado que rechazó el diagnóstico de tisis. Convocó a las mujeres. Hubo un ambiente de celebración. Ocho días después, mientras dormía, murió a consecuencia de un derrame cerebral.

Índice

∽

Recomendaciones
del editor

Hiroko Oyamada
Agujero

«Hiroko Oyamada reviste su escritura con un aura
de realismo mágico que sobrevuela la novela de
manera inquietante e incluso sombría.»

—Adrián Cordellat, *El País*

www.impedimenta.es

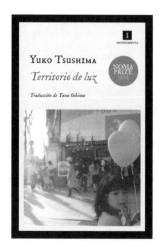

YUKO TSUSHIMA

Territorio de luz

«No hay entre las páginas de esta bellísima novela resquicio de
sombra pese a la aspereza de lo narrado. Desde el comienzo
hasta el final, irradia cantidades tiernas y brutales de luz.»

—*La Razón*

www.impedimenta.es

NATSUME SŌSEKI

Kokoro

«*Kokoro* es un libro memorable, una pequeña
maravilla, la obra cumbre del autor, que se mete en
las entrañas del tiempo que le toca vivir.»

—Alfons Cervera, *Revista Turia*

www.impedimenta.es

NATSUME SŌSEKI

Botcham

«Natsume Sōseki es, sin lugar a duda, el escritor
japonés al que yo más admiro.»
—Haruki Murakami

www.impedimenta.es